下町やぶさか診療所

沖縄から来た娘

池永　陽

集英社文庫

目次

第一章　沖縄から来た娘　7
第二章　家族会議　47
第三章　御嶽での一夜　94
第四章　事実は藪のなか　138
第五章　三角関係　185
第六章　隔離病棟のなかで　225
第七章　聖なる場所　271
解説　藤田香織　351

下町やぶさか診療所　沖縄から来た娘

第一章　沖縄から来た娘

宿酔の頭がまた、ずきんと痛んだ。

そんなことにはお構いなしに、診察室のイスに座った徳三は麟太郎に向かって一方的にまくし立てている。

「何度もいうようで悪いけどよ、大先生があんなに酒にだらしがねえとは夢にも思いやせんでしたねえ。いやあ、たまげたもんでござんした」

年は上だが風鈴職人の徳三は、若いころからの麟太郎の喧嘩友達である。

「そりゃあまあ、親方。今年は何というか、桜の開花がいつもより早かったから、つい嬉しくなって浮かれちまったってこともあるし。俺だって、たまには羽目を外しちまうってことも、やっぱりあるからよ。だから、あの勝負はよ……」

しぼんだ声を麟太郎が出すと、

「ありゃあ、羽目を外したんじゃなくて、酒に呑まれちまった――そういうことでござんしょう。つまりは修行が足りねえということで。下町育ちの俺たちにしたら、こりゃあもう、男がすたるというか、男が立たねえというか」

徳三はいかにも嬉しそうに、顔をくしゃりと崩した。

「徳三さん、今日はもう、それぐらいで。時間も時間ですし」

傍らに立っていた看護師の八重子が、助け舟を出すようにいった。

徳三は午前の診療時間の最後の患者――といっても週明けで患者が多かったせいか、時間はすでに昼を過ぎて二時になろうとしていた。

「おう、そうだ、そうだ。長っ尻は江戸っ子の恥。すっかり時間の経つのを忘れていた。じゃあ、このへんでよ」

徳三はどっこいしょと声をかけて、ようやくイスから立ちあがる。

「なら、今日も俺の勝ちということで。またな、やぶさか先生」

右手をひらひらさせて診察室を出ていく徳三の背中に、

「あの野郎、俺の前でまた、やぶさかなどとぬけぬけと」

恨みがましくいうが、迫力はまるでない。

やぶさかとは、診療所の前が緩やかな坂になっているため、近隣の者たちが**やぶ**と坂を合せて親しみをこめていう言葉なのだが――そこはやはり。

「それにあの野郎。風邪をひいたなどといってきやがったが、診てみるとそんな症状などみじんもねえ。わざわざここまで俺をからかいに……」

と今度は息まいたところで、

「それにしても、相変らずお二人は意地っ張りですね。私たちから見たら、どうでもいいことにこだわりすぎてるというか、何というか」

呆れ顔を浮べて八重子が話を遮った。

「親方も俺も、浅草生まれの下町育ち。そこはやっぱり、男の筋というか、自負というか。そこはきちんと押えておかねえとよ」

麟太郎は、はっきりした口調でいう。

「筋と自負ですか――女の私たちにしたらわからない世界ですが、いずれにしても昨日と今日の勝負は徳三さんの勝ちですね。昨日の大先生は、かなり酷かったですから」

ぴしゃりと八重子はいった。

「えっ……やっぱりそうなのか。俺はよく覚えてねえんだけどよ」

わかりやすく、しょげた。

昨日の日曜日のことだ。

例年になく桜の開花が東京では早いということで麟太郎は早速、隅田川の堤で花見をやることにした。参加したのは麟太郎と潤一と麻世、それに、八重子と事務員兼看護師見習いの知子が加わった総勢五人。

これにどこで話を聞きつけたのか、江戸風鈴屋の徳三が便乗して、弟子の高史と一緒に参加した。これだけですめばまだよかったのだが、麟太郎は駄目で元々と、スナック『田園』の夏希ママに声をかけた。

「お花見ですか。たまにはそういうのも、いいかもしれませんね」

断ってくるものと思っていた夏希は笑顔を浮べ、花見に参加するといった。

これが大きな間違いの元だった。

夏希は麟太郎の憧れの女性だった。

麟太郎は浮足立った。

そして当日の夕方――。

八分咲きの桜並木の下にはブルーシートが敷かれ、その上に座布団が置かれて飲み物と料理がずらりと並べられた。

麟太郎の音頭で乾杯の声が響き、あとは無礼講になった。

徳三が渋い声で『相撲甚句』を唄い出し、麟太郎が「どすこい、どすこい」と合の手を入れて、参加者全員の大合唱となった。

ブルーシートの隅に、八重子の持ちこんだ重箱のなかから稲荷鮨をつまんで口に運ぶ麻世の顔が見えた。置いてあるコップの中身はウーロン茶だ。

麻世の前には徳三の弟子で、町内では純情可憐な好青年で通っている高史が少量のビールで顔を真赤にして正座をしている。

数カ月前のこと——。

その高史が一人の女性に一目惚れをして恋に落ちた。相手は相原知沙といういわくつきの元ヤンキーだったが、それでも高史は知沙が好きだといった。

その高史と知沙との間を取り持ったのが、これも凄腕のヤンキーだった麻世と、お節介好きの麟太郎だった。

「莫迦ばっかりやってきた私たちに、ああいう眩しい相手は無理——」

という知沙を麻世と麟太郎は何とか説き伏せ、曲がりなりではあったけれど、交際を承諾させた。

「まだちゃんとつづいているなんて、奇跡的な話だな」

という麻世の声が聞こえた。

「知沙は筋金入りのヤンキーだったんだけど、その知沙とうまくやってるなんて、いったいコツは何なんだよ」

怪訝そうな麻世の声につられて、二人のほうに麟太郎が目を走らせると、麻世の後ろにさりげなく座って神妙な面持ちをしている息子の潤一が目に入った。どうやら自分の恋の参考にするために、二人の話に聞き耳を立てているようだ。潤一も元ヤンキーの麻世に想いをよせていた。

「僕は内気で気が弱いから」

ぼそっと高史がいった。

「主導権を握っているのはいつも知沙さんで、僕は後ろからついていくだけ。何だかそれで、バランスが取れているようで」

嬉しそうに高史はいった。

とたんに潤一が首をがくっと落した。

どうやら高史の答えは潤一の参考にはならなかったようで、思わず麟太郎の胸におかしさが湧いた。それにしても高史と知沙のつきあいが、まだちゃんとつづいていると は——嬉しくなった。胸の奥が温かくなった。

「どうしたんですか、大先生。変にニヤけた顔をして」

隣に座っていた夏希が声をかけた。

「ニヤけてなんかいねえよ。嬉しいんだよ。凄く嬉しいんだよ」

麟太郎はコップに残っていたビールを一息で飲み、

「夏希ママが、二つ返事で今日の花見にきてくれたことがよ」

しれっというと、

「大常連の大先生に誘われたら、断ることなんて、そんなことは」

ふわりと笑った。

断ることなんて、という言葉が気にかかったが、思わず見惚れた。単純に桜の花より綺麗な笑顔に見えた。いい気持で夏希が持ってきた重箱のなかのエビフライをつまみ、ぽいと口に放りこむ。

「うめえな、これは」

「そりゃあそうですよ。朝の五時に起きて、今日のために一生懸命つくった、三段重なんですから」

胸を張って答える夏希を見ながら、これは嘘だと麟太郎は思う。おそらくどこかのスーパーの惣菜売場で見つくろって……夏希の性格からいけば、そのあたりが妥当なところだろう。

「おい、麟太郎っ」

そんなところへ声がかかった。

一升瓶を抱えた徳三だ。

「俺と飲み較べだ。勝負しようじゃねえか。下町男同士よ」

ちらっと夏希を見ていった。

「勝負ったって、徳三さんも俺もけっこう、もう、飲んでるじゃねえか。あんまり無理をすると体のほうが」

意見をするようにいうと、

「無理を通すのが、下町男の心意気ってえもんだ。無理をして無理をして、無理をして。男ってえのは無理ってえ字の上に、大きな花を咲かせるんだ。それが江戸っ子っていうもんだ、べらぼうめ」

まくしたてるように徳三はいってから視線を夏希に向け、

「なあ、綺麗な姐(ねえ)さん」

にまっと笑った。

この笑いに麟太郎の何かが外れた。

「わかった。受けて立とうじゃねえか。下町育ちの俺っちの意地ってえのを、とことん見せてやらあ」

吼(ほ)えるようにいった。

「大先生、そんな莫迦なことは」

それまで知子と話しこんでいた八重子が、慌てて声をかけた。

「近頃莫迦が少なくなった。その莫迦を最後までやり抜くってえのも、男の心意気だ」

こう啖呵(たんか)を切るようにいいながら、はてどこかで聞いたような台詞(せりふ)だと考えて――高倉健が『唐獅子牡丹(からじしぼたん)』の映画のなかで同じようなことをいっていたのを麟太郎は思い出す。

「上等じゃねえか、それなら飲め」

徳三が叫び声をあげ、ここから二人の勝負が始まったのだ。

互いに注ぎ合いながら、コップ酒を飲む。

ひたすら飲む。

とにかく飲む。

どれほど過ぎたのか。誰かの歌声がぼんやり聞こえてきた。あれは八重子の声だ。八重子が富山民謡の『こきりこ節』を歌っているのだ。意外に艶っぽい。そんなことを考えながら、さらに飲む。

「莫迦はもう、ほっときましょう」

これは息子の潤一の声だ。

突然、体がぐらりと揺れた。

「大先生――」

あの悲鳴は知子だ。案外いい声だ。

思った瞬間、体の支えが利かなくなり、麟太郎は隣にいる夏希の体にしがみついた。ぎゅっと力一杯抱きしめてから、そのままずるずると崩れ落ち、夏希の膝にことんと頭を乗せた。そうだ、一度これをやってみたかったんだ。

頭上の桜の花が綺麗だった。

麟太郎は意識を失った。

気がつくと、居間のソファーに寝かされていた。頭がずきずきと痛んだ。胸のあたりに嘔吐感があった。

「ようやく気がついたようだな、親父」

潤一の声が聞こえた。

「みんなは？」

気になったことを訊いた。

「もう帰ったよ。親父が気を失ってから、もう二時間近くが経ってるよ」

「徳三さんは？」

「親父が倒れて、花見はお開きになったんだけど、徳三さんはふらつきながらも、高史君と一緒に自分の足で歩いて帰ったよ」

呆れたようにいう潤一に、

「あの野郎、歩いて帰りやがったのか。底抜けだな、あの痩せた体で」

悔しさ一杯の口調で麟太郎はいう。

「莫迦ばっかりやってきた私には、じいさんの行動はよく理解できるけど。他の人にはわからないかもしれないね」

潤一の隣に立っていた麻世が、低い声でいった。

「そうか、麻世はわかってくれるのか。ありがとよ」

思わず口に出す麟太郎の言葉にかぶせるように、

「駄目だよ、麻世ちゃん。そんなところで理解を示したら。つけあがって、これからも莫迦をするようになるだけだから」

潤一がたしなめるようにいった。

「だから、おじさんは駄目なんだよ」

その言葉にすぐに麻世が反応した。

「そんなことは当人にしたらわかっていることで、わかっていながらやるというところに生きている意味があるんだよ。正論だけぶちまけても、人の心は動かないよ」

麻世には珍しく理屈っぽいことを口にした。

「それはそうだけど、麻世ちゃん。ここはやっぱりびしっと――」

おろおろ声でいう潤一に、

「だから、その正義の味方面が嫌だっていってるんだよ。頭が固すぎるよ」

麻世は辛辣な言葉をあびせて、一刀両断にした。

「まあ、それはそうかもしれないけど」

潤一は情けなさそうな声をあげ、

「しかし、酒豪の親父が酒でつぶれるのを俺は初めて見たよ。あれは驚きだったよ」

ぽつりと口にした。

これが花見の際の一部始終だった。

「ところで大先生、お昼はどうしますか。午後の診療まで、それほど時間はありませんけど、夏希さんのお店に行ってきますか」

すました顔で八重子がいった。

夏希がママを務める『田園』は、昼は喫茶店で夜はスナックに早変りするという変った店だった。

「行かねえよ。あれだけの醜態をさらしたんだ。当分、あの店には顔なんぞ出せねえよ」

唇を尖らせて麟太郎はいう。

「あらっ、でも夏希さんは昨日帰るときに、これに懲りずに大手を振って大先生にはお店のほうにって、いってましたよ。だから、大手を振って――」

と八重子が嬉しそうにいったところで、

「八重さん、それはちょっと――」

麟太郎はたしなめるような声を出す。

「すみません。はしゃぎすぎました。失礼いたしました」

八重子は腰を折るように頭を下げた。

そんなところへ「ただいま」という声が聞こえ、高校から帰ってきた麻世が診察室に入ってきた。

「どうした、麻世。何かあったのか」

いつもならそのまま自分の部屋に行く麻世が、帰りざま診療室に顔を見せるのは珍しいことといえた。

「何だかよくわからないんだけど、表の門柱の前で変な女の人を見かけたから」

不審げな面持ちで麻世はいう。

今さっきのことだという。

大正ロマン風とでもいうのか、診療所の入口には丸い灯り（あか）をのせた古い石造りの門柱が二本立っていて『真野（まの）浅草診療所』と墨文字で書かれた木製の看板がかけてあった。しかし長い年月のために文字は消えかけ、よほど目を凝らして見ないと判読不能な状態だった。

その消えかかった看板を、その女性は食いいるように見ていたと麻世はいった。女性の年齢はまだ若く、自分と同じほどの年じゃないかとも麻世はいった。

不審に思った麻世はその女性の後ろから「何かご用ですか」と声をかけた。

するとその女性は、こんなことをいったという。

「ここは真野麟太郎さんの病院ですか」

はいそうです、とうなずく麻世に、

「あの、あなたは、ここの娘さんですか」

その女性はおずおずと訊いた。

「いえ、私はここの居候のような者で、身内の者じゃないですけど」

こう麻世は答えてから、

「ここの先生に、何か用事でも」

という問いを女性にぶつけた。

「あっ、その何というか……」

とたんにその女性は慌てた素振りを見せ、さっと背中を見せてその場を離れていったという。

「なるほど、それは大いに変ですね」

麻世の説明に八重子がすぐに反応した。

「それは、あれじゃないか。前にもあった、女を見たらという……」

以前、同じ件で失敗したことのある麟太郎は、いい辛そうに口に出す。

「妊娠だと思えという、医学界の古くからの諺のような、あの言葉ですか」

八重子は、はっきりした口調でいってから宙を睨むような目で見た。少しして、

「そうかもしれませんが、わざわざ大先生の名前を確かめたということは……いえ、名

前をちゃんと確認してから診てもらうということも、無いとはいえないような……」

首を捻りながらいった。

「妙な話には違いないが、いずれにしても俺に用事があるのなら、また顔を見せるだろう。そうなればわかることだ」

麟太郎は何でもないことのようにいい、この件はいちおう落着ということに。

しかし、それから数時間後。

診療が終った六時少し前、また麻世が診察室にやってきた。

「今、二階の窓から見てたんだけど、またあの女性が表にいる」

と不審げな表情で麟太郎に告げた。

「やっぱりきたんですか――となると、その人にとってよほどの重大事が――どうします、大先生。声をかけて、ここにきてもらいましょうか」

興味津々の表情で、八重子が早口でまくしたてた。

「そうだな、さて、どうしたらいいものなのか、八重さんのいうように声をかけてもいいんだが、逆にそれで逃げ出してしまうということも考えられるからなあ」

麟太郎は太い腕をくむ。

「入ってくるのをじっと待つのがいいのか、首に縄をかけてでも引っ張ってくるのがいいのか、さて」

独り言のように呟く麟太郎に、

「何を呑気なこといってるんですか、大先生は。もし妊娠しているとしたら、赤ちゃんはお腹のなかでどんどん育っていくんですよ。ここで躊躇していたら、その人にとっても赤ちゃんにとっても、決していい結果にはなりませんよ」

八重子が叫ぶようにいった。

真剣そのものの表情だ。

「ああ、そうだな、そういうことだな」

八重子の剣幕に、麟太郎は思わず姿勢を正す。

「なら、やっぱり、声をかけたほうがいいよな」

「私が行ってもいいけど。私なら逃げようとしても、絶対逃がさない自信はあるから」

身を乗り出すようにしていう麻世の言葉に、ぎょっとした表情を麟太郎は見せる。

「駄目だ、駄目だ。お前が行って揉めたりして、相手の腕でもへし折ったりすることにでもなったら大変だ」

やけに真面目な表情でいった。

「私はそんなことは……」

頬を膨らませる麻世に代って、

「じゃあ、私が参ります」

と八重子が一歩前に出た。

「いや、ここは大事をとって三人で行こうじゃないか。まず俺と八重さんが正面から、麻世はいざというときのために裏口から出て、その女性の後ろへ回るということで」

　麟太郎の提案でそういうことになった。

　随分、大袈裟なことではあるが。

　白衣を着た麟太郎と看護師姿の八重子は、診療所の扉を開けて外に出た。正門のほうを窺ってみると、なるほど若い女性が呆然とした様子で立っていた。

　麟太郎と八重子は顔を見合せてうなずき、なるべく相手に刺激を与えないようにゆっくりと正門に向かって進む。麻世はすでに女性の後ろに回っているはずだった。

　女性が麟太郎と八重子に気がついた。

　逃げなかった。

　真直ぐ麟太郎の顔を見てきた。

　女性というより、まだ少女といったほうがいい顔立ちだ。

「失礼ですけど――」

　と声をあげたのは八重子だ。

「何か悩みごとがあって、ここへきたんですよね」

　柔らかな声で八重子は訊いた。

その言葉に女性は、わずかにこくっとうなずいた。

「じゃあ、まずなかに入ってゆっくり話を聞かせてもらおうかな」

厳かな声で麟太郎はいい、その女性を診療所の入口に誘った。ゆっくり歩き出すと、女性は素直にその後に従った。

いつのまにか麻世もそこに加わり、四人は建物のなかに入って診察室に向かった。受付の小窓から、いったい何が始まったのかというような顔で知子が見ていた。

診察室のイスに座らせ、

「怖がらなくてもいいし、恥ずかしがらなくてもいいから、事情をゆっくり話してほしい」

ごつい顔を崩して、できる限り優しくいうと女性はこくんとうなずいた。

「まず名前と年齢を教えてくれるかな」

笑みを浮べて、麟太郎は小さくうなずく。

「年は十八で、名前は……」

女性は麟太郎の顔を真直ぐ見て、

「比嘉美咲(ひがみさき)といいます……」

はっきりした口調でいった。

「十八歳というと、高校は今年卒業か」

穏やかな調子で麟太郎はいう。

「はい」

比嘉美咲と名乗った女性は短く答えてから、ぎゅっと唇を引き結んだ。

しばらく無言の状態がつづいた。そして、

「あなたが私の、お父さんなんですね」

とんでもない言葉を口から出した。


酷い疲れを麟太郎は覚えていた。

「何といったらいいのか、本当にご苦労さまでした、大先生。ご心痛、お察しいたします」

すぐに労りの言葉が八重子の口からもれ、深く頭を下げた。

「心痛なのは違いねえんだけどよ――これも全部、俺の不徳のいたすところというか。だから真っ向からそういわれると、何と返したらいいのかよ」

神妙な口調で麟太郎がいうと、

「と、おっしゃいますと、あの美咲さんという人はやっぱり、大先生の――」

素頓狂な声を八重子はあげた。

そんな八重子を横目で見て、やっぱりとは、いうに事欠いて何ということをと内心舌打ちしながら、麟太郎はできるだけ静かに話す。

「不徳のいたすところというのは、あくまで言葉の綾だからよ。俺は何も、あの子のことを認めたわけじゃねえよ。いきなり、あんなことをいわれれば誰だってよ、心のほうがよ」

否定の言葉を口から出すが、八重子は軽くうなずくだけでポーカーフェイスだ。

「もちろん、そうだと私は信じております。大先生に限って、そのようなことは絶対にないだろうと。それはもう決まっています」

疑うような目つきで、言葉つきだけは丁寧にこういった。

「絶対にないとはいいきれないだろうが、まあ、そこそこにはというか……」

墓穴を掘るようなことを口に出して、麟太郎は慌てて言葉尻を濁す。

「いずれにしても、ここはじっくりとお考えになって、それなりの行動を。何といっても、お相手のいらっしゃることですから誠意のある、きちんとした対応をとられることをお願いいたします」

これはどう考えても、疑っているとしかとれない口振りだ。

「それから」

八重子はやけに真面目な顔を向けて、

「今夜の夕食は、どこか外にお出かけになったほうが。麻世さんと差し向かいでの食卓では気づまりになるでしょうから。ここはやはり、間を置いたほうが」

　今度はやけに、しんみりとした口調でいった。

　そうだ麻世だ。麻世がこの先、どんな態度をとるのかは、まったく見当もつかない。ここは八重子のいうように、少し間を置いて、麻世の出方を見極めるのも大事なように思えた。

「そうだな、それがいいかもしれねえな」

　麟太郎は、ぼそっと声を出す。

「それなら、夏希さんのところが最適だと思われますよ。こういうときの殿方は、やはりお好きな女性のところに行って、優しくしてもらうのが一番の薬ですから。もう昨日のことがどうとか、いってる場合じゃありませんから。ここは腹を括（くく）っていただいて」

　理路整然といった調子で八重子は話すが、夏希は決して優しい女ではない、けっこう強（きつ）いと麟太郎は心の奥で独りごちる。それに事が事なのだ。そう簡単に夏希に話す訳にもいかない。しかしここは八重子のいう通りにしたほうが……。

「そうだな。ここは一番、八重さんのいうように夏希ママのところへでも出かけたほうが無難かもしれねえな」

　肩を落していう。

「そうですよ。そうなさるのが、一番賢明かと。麻世さんには私から伝えておきますので、大先生はこのまま、裏口のほうからでも、こそっと」

それではまるで、こそ泥だ。

「いや、そこまでやると、いかにもわざとらしいから、麻世には俺から声をかけておくよ――しかしすまねえな。八重さんにまでいろいろ心配かけてよ。まったく面目ねえ次第だ」

麟太郎は八重子に軽く頭を下げ、この場を締め括った。

母屋のほうに行くと、ちょうど二階からおりてきた麻世が、台所に向かうところだった。

「麻世、俺はこれから外に出るから、夕食はいらねえ。もし倅(せがれ)がきたら、インスタントラーメンでも食わせてやってくれ」

なるべく普段の口調っぽくいった。

「わかった」

と麻世は答えてから、

「自分でつくって食べろって、いってやるよ」

何でもないことのようにいった。

「すまねえな、麻世……お前にもいろいろ心配かけてよ」

ぼそっといった。

「いいよ。まだ何がどうなのか、はっきりしてないし、それに——」

ちょっと言葉を切ってから、

「大人には大人の、いろんな事情があるんだろうから。あんまり、私に気を遣うことはないよ」

これまでとは違う、麻世らしからぬことを口にして「じゃあな、じいさん」といって台所に入っていった。

母親の件が曲がりなりにも片がついてから、麻世も少し変ってきた。そんな気がした。それがいいのか悪いのかは、まだよくわからなかったが。

『田園』に行くと、時間が早いせいか客はまだ誰もいなかった。

「大先生、いらっしゃい」

カウンターのなかにいた夏希の機嫌のいい声に迎えられて、麟太郎は奥のテーブル席につく。すぐに、お通しとオシボリとビールが運ばれてきて、夏希はそのまま麟太郎の隣に座った。

「ビールで、よかったんですよね」

と手際よくコップにビールを注ぐ夏希に、

「それに、何か軽い食い物をよ」

と麟太郎は言葉を返す。

「軽い物って——サンドイッチか何かでいいんですか」

麟太郎が軽くうなずくと「はあい、わかりました」と夏希は席を離れてカウンターに戻っていった。

しばらくするとサンドイッチを盛った皿を手にして夏希がやってきて、

「はい、召しあがれ、当店自慢の玉子と野菜のスペシャル・サンド」

大袈裟なことをいって麟太郎の隣の席に、すっと体を入れる。

「ところで大先生。昨日の今日で、大手を振ってここにきたってことは、何か魂胆があるってことですよね」

イミシンなことをいった。

「いってることの意味が、俺にはよくわからねえんだが」

サンドイッチをごくりと飲みこみ、怪訝な表情を夏希に向ける。

「あら、とぼけちゃって。昨日の暴挙に対して私がどんなふうに思ってるのか——喜んでいるのか嫌がっているのか。それが知りたいがための、偵察」

噛(か)んで含めるように夏希がいった。

「昨日のことは、あれはやっぱり、暴挙になるのか」

掠(かす)れた声を出すと、

「暴挙でしょ、やっぱり。どさくさに紛れて力一杯抱きしめられたと思ったら、次は膝枕ですからね」

夏希は顔中で笑いながらいう。

「しかし、それだけ嬉しそうにいうところを見ると、ママはけっこう喜んでいる。そういうことなんだよな」

「もちろん、喜んでるわよ。その分、別料金として、今夜のお勘定に上乗せするつもりですからね。商売繁盛で一件落着」

満更、嘘でもない表情だ。

「別料金なあ……」

麟太郎は情けない声を出す。

「ところで大先生。昨日の暴挙の本命は、いったいどっちなんですか。ぎゅっと抱きしめたのと膝枕と」

興味津々の表情を夏希は浮べた。

「そりゃあ、ママ。膝枕のほうだよ。抱きしめたのは体を支えるための、行きがけの駄賃のようなもんだよ。俺はロマンチストだからよ」

照れた声でいうと、

「あら、いやらしい」

ぽんと言葉が返ってきた。

「ロマンチストって、スケベの代名詞なんですよ。特に自分からその言葉を出す人は」

「ええっ、そんなことは、ないんじゃねえか」

思わず麟太郎は、抗議の声をあげる。

「問題はその横文字。心に疚しいところがある人は、みんな曖昧な横文字を使ってごまかしにかかる――そういうことになってるんですよ、世間では」

「なるほどなあ、横文字はごまかしの代名詞か。一理はあるかもしれねえな」

妙に感心した口調でいう麟太郎の顔を夏希が覗きこんできた。

「ところで大先生。何か心配事でもあるんですか。声にいつもの張りがないし、顔のほうも妙に沈んでいるように」

声の調子をがらりと変えていった。

「わかるのか……」

ぽつりというと、

「わかりますよ、私もこの商売は長いですから。お客さんの心の状態がわからなければ、接待業のプロとはいえません」

はっきりした口調で夏希はいった。

「そうか。それならいうが、実は大きな心配事がある」

麟太郎もはっきりと声に出す。

「じゃあ、いいなさい。全部聞いてあげますから、洗い浚い懺悔しなさい。楽になるから、すべてを」

神父のようなことをいった。

「いいたいが、いえねえ」

麟太郎は首を横に振る。

「いえないって、どういうことなの」

「迷惑のかかる人が、出るからよ」

「迷惑って——まさかとは思うけど、男と女の話なんですか」

まさかだけは余分だろうと思いつつ、麟太郎はわずかに首を縦に振る。

「えっ、大先生、どこかの女とできちゃったんですか。どこの誰なんですか、その女は。私という者がありながら」

問いつめるように夏希はいうが、最後の言葉はつけ足しのようにも聞こえた。

「今の話じゃねえよ。二十年近くも前の因縁話だよ」

声をひそめて麟太郎はいう。

「あっ、なるほど」

夏希はすぐに納得したように、

「二十年近く前の因縁話なんですね——そのツケが今、大先生のところに回ってきたということなんですね」

大きくうなずいた。

「まあ、そんなところだ」

低い声で麟太郎はいう。

「何がどうなのか、大体想像はつきますけど、大先生がいわない限り、私も口には出しません。でも、それは……いったいどうしたら、いいんでしょうね」

何もかもわかったような口振りで、夏希は大きな吐息をもらした。そして、

「それで大先生は、何も聞いていない私にどうしろっていうんですか。相槌(あいづち)も打てない、助言もできない私に」

困惑の表情を浮べた。

「俺はただ優しい気持に触れたくて、ここへよ。それだけだよ」

消え入りそうな声を麟太郎は出す。

「そういうことですか。それなら任せてください。さっきもいったように、私も接待業のプロですから」

夏希が胸を張るようにいったとき「いらっしゃいませ」というアルバイトの理香子(りかこ)のよく通る声が聞こえた。

つられて入口のほうを見ると、なんと入ってきたのは風鈴屋の徳三である。徳三も麟太郎の姿を目にして、そのまま奥の席にやってきた。

「おう、大先生、奇遇じゃねえか」

威勢のいい声を出して、麟太郎の前のイスにどかっと座りこんだ。

「奇遇といえばそうには違えねえが、親方こそなんでこの店に。今まで一度も見たことがねえけれど……」

ぽかんとした表情で麟太郎がいうと、

「惚れたのよ――」

臆面もなく、ずばりと徳三はいった。

「えっ、惚れたって誰に……」

嫌な予感が麟太郎の胸をよぎる。

「そこの綺麗な姐さんによ。だからこうして、のこのことよ」

にまっと夏希に笑いかけた。

「まあ、嬉しい。親方、本当にありがとうございます」

立ちあがった夏希が、丁寧に徳三に頭を下げる。

「まあ、立ち話も何だからよ。まずは座ってよ、姐さん」

徳三は夏希を座らせ「とりあえず、ビールをよ」と鷹揚にいう。夏希がカウンターに向かって声をあげると、理香子がビールとお通しとオシボリを持ってきて、徳三の前に手際よく並べる。

「ありがとよ」という徳三のコップに夏希はビールを注ぎ、徳三はそれを一気に飲む。

「まあ、いい飲みっぷり」

とたんに大げさな歓声を夏希があげた。

「昨日の花見で姐さんを見て、俺の体がぞくっと震えてよ。それでまあ恥も外聞もなく、この店へ押しかけてきたって訳だ。これからも、ちょくちょく寄らせてもらうつもりだから、よろしく頼むよ、綺麗な姐さん」

しゃあしゃあという徳三に、

「こちらこそ、今後ともご贔屓(ひいき)のほど、よろしくお願いいたします」

夏希は深く頭を下げる。

「いやあ、最初に姐さんの立ち姿を見て、驚きやしたよ。今時珍しい、小股の切れ上がった、いい女がここにいる。こりゃあ、まさしく深川の羽織芸者そのものじゃねえかって——そう思ったら嬉しくなってね。まさに、眼福でござんした」

そういえば文字通り、昨日夏希は黒の羽織を小粋に着こなしていたのを、麟太郎は思い出す。

「あい、芸は売っても体は売らぬ。深川は辰巳(たつみ)芸者の心意気でござんす」

ふいに夏希が芝居がかった台詞を口にして、徳三を流し目で見た。

「おうっ、それだ、その流し目だ」

はしゃいだような声を徳三はあげ、

「お前さん方、本所七不思議というのを知っているかな」

したり顔でこういい、夏希と麟太郎の顔をじろりと見た。夏希が慌てて首を横に振るのを見定めて、

「一つ人呼ぶ、おいてけ堀に。二つ、吹いても消えずの行灯。三つ、水面に片葉の葦が……」

唄うように渋い声を張りあげた。

「四つ、夜な夜な狸の囃子。五つ、生き血で足洗い屋敷。六つ、迎える一つ提灯。そして最後が――」

勿体ぶったいい方で夏希を凝視して、

「七つ流し目、蛇女……」

殊更、渋い声でいい放った。

「ええっ、私は蛇女なんですか」

すぐに夏希が抗議の声をあげた。

「早とちりはいけねえよ、姐さん。蛇女ってえのは、古の昔より絶世の美女の代名詞

で、怖いほどに美しい、美しすぎるから怖いという意味でござんしてね。まさに、夏希ママにぴったりの言葉だと、あたしには思えるんですがね」

誉めちぎって、にまっと笑った。

ちゃんと夏希の名前も覚えている。

が、諸説あるにしても本所七不思議に、蛇女などというものが……ひょっとしたら夏希の気を引くための。冗談めかして口に出したが、徳三は本気で夏希に惚れたのでは……そんな思いが麟太郎の胸をふっとよぎった。

「ところで、姐さんも知ってるように、本所というのは、ここからつい目と鼻の先の吉良上野介の屋敷のあったあたりで……」

日頃は憎まれ口しか叩かない徳三が、夏希を前にして雄弁をふるっていた。

耳に聞こえてくるのは徳三の声だけで、優しさに触れたくてここにきた麟太郎は本所七不思議ではないけれど、おいてけ堀の状態だった。

それならそれでまあいいかと、麟太郎の心は、例のあの件を反芻する。突然訪ねてきた比嘉美咲の件だ。

「あなたが私の、お父さんなんですね」

美咲がこういった瞬間、周りの時間が停止したように固まった。

「今……」

麟太郎はごくりと唾を飲みこんだ。

「今、何ていったんだ」

言葉を押し出した。

「私のお父さんは、真野先生だと……」

美咲は麟太郎の目を真直ぐ見て、はっきりした口調でいった。

「ちょっと待ってくれ、ちょっと。まず、話を整理しようじゃないか」

麟太郎は両手で美咲を制するような格好をして、頭を忙(せわ)しなく回転させる。

「比嘉という苗字(みょうじ)と、その顔立ちからいくと、あんたは沖縄の人なのか」

美咲は目鼻立ちのはっきりした、色はやや浅黒いほうだが、典型的な沖縄美人の顔をしていた。

「はい」と美咲は首を縦に振り、

「私の従伯父(いとこおじ)さんは、比嘉俊郎(としろう)です。真野先生もご存知のはずの」

具体的な名前を出した。

「比嘉俊郎ならよく知っている。大学では俺と同期で、インターンを終えた後は故里(ふるさと)の沖縄に帰り、ハンセン病の療養所に勤めていた……あの比嘉俊郎なのか」

遮るように言葉が出た。

「はい、その比嘉俊郎です。私はおじさんと呼んでいますが、二十五年ほど前にハンセン病の療養所はやめて、今は開業医として働いています」

「それは俺も知っている。比嘉とは今でも年賀状のやりとりはしているしよ。あの比嘉が、あんたの従伯父に当たるのか」

麟太郎は独り言のようにいい、

「しかし、そうなると、あんたは」

掠れた声を出した。

「私の母は、俊郎おじさんの従妹に当たる、比嘉律子です」

よく知った名前だった。

「母や俊郎おじさんの話によれば、真野先生は二十年近く前までは、けっこう沖縄を訪れて、おじさんや母と行動を共にしていたと聞いていますが」

麟太郎の脳裏に比嘉律子の顔が、ふわっと浮びあがる。最後に会ったのは、あれは十九年ほど前。顔立ちの細部は薄れていたが、きらきら光る大きな二重の目だけは麟太郎の胸に焼きついている。

「そうだな。当時はまだまだ元気なころで、けっこうというほどではないにしても、たまには沖縄に行って、俊郎に律子さんをまじえた三人で海に行ったり飲みに行ったりは……」

知らず知らずのうちに言葉を選んで話をしている自分に気がつき、麟太郎は情けない気分に陥る。

「そうですね。母は俊郎おじさんと仲がよく、病院に遊びに行っているうちに真野先生と知り合って親しくなったといってました。そして母は――」

美咲はぷつんと言葉を切った。

どれほどの時間が過ぎたのか。

「真野先生の子供を身籠(みごも)った」

美咲はまたしばらく黙りこみ、

「それが、私です」

強い口調でいって、よく光る目で麟太郎を見た。律子によく似た目だった。

「そう、律子さんがいったのか」

ざらついた声を麟太郎は出した。

「私は母から、そうはっきり聞きました」

「しかし、毎年もらう俊郎からの年賀状には、そんなことは一言も書いてなかったが、それはいってえ」

怪訝な表情を麟太郎は浮べる。

「私は私生児なんです。もしかしたら、俊郎おじさんにはいっていたかもしれませんが、母はこれまで父親の名前を誰にも明かしませんでした。でも、私が高校を卒業するころになって――」

また沈黙の時間が流れた。

「相手は妻子のある人だから、今まで口を閉ざしていたけど。あなたの父親は東京の立派なお医者さんで、浅草で開業医をしている人だからと、何度も口にするように」

絞り出すような声だった。

「そういうことか。それで、律子さんは、まだご健在なのか。美咲さんと一緒に住んでいるのか」

「どんな理由があったのかわかりませんが、半月ほど前に急にいなくなりました。警察に失踪届は出してありますが、まだ見つかってはいません……そしていなくなる直前に、真野麟太郎というのが私の父親の名前だと」

唇をぎゅっと引き結び、

「だから今は、俊郎おじさんの家に住まわせてもらっています。俊郎おじさんは、自分は独り身で家族もいないから、誰に気兼ねすることもないので、いつまでいてもいいからといって私を」

つかえつかえ美咲はいった。

「そうか、俊郎のところに――」

麟太郎は呟くようにいい、

「それで律子さんは、なぜこの時期に失踪などということを」

これも呟くように口にした。

「本当の理由はよくわかりませんが、ひとつは私が看護大学の試験に合格したということで、気が緩んだのかもしれません」

吐息をもらすようにいった。

「美咲さんは、この春から看護大学に行くのか。それはよかった、それはいい」

いいながら麻世のほうをちらっと見ると、大きく目を見開いて美咲の顔を凝視している。

それにしても、いったい、何がどうなっているのか。わからないまま小さく溜息をついて、麟太郎が視線を麻世の顔から宙に移して太い腕をくむと、

「真野先生。あなたが本当に私の父親なんですか」

叫ぶような声が飛んだ。

「それは――」

麟太郎は絶句した。

「それは、何です」

麟太郎は宙を睨んでいた目を、美咲の顔に戻した。

「多分、違うと思う」

曖昧な言葉が口から飛び出した。

「多分って、どういうことですか。意味が全然わかりません、多分って」

美咲が泣き出しそうな声を出した。

「それは、どういったらいいのか、俺にも説明のしようが……」

おろおろ声を麟太郎はあげる。

「説明のしようがなくて、多分っていうことは、父親なのかもしれないってことですか。そういうことなんですか」

泣き声だった。

「それはまあ、何といったら」

困惑の表情で麟太郎が言葉を濁すと、

「もういいです」

美咲が喚（わめ）くような声をあげた。

「どうもすみませんでした、勝手なことを並べたてて。本当は真野先生が一人のときに話したかったんですけど、よその人の前でこんな話をして」

イスから立ちあがった。

「いや、この二人は身内のようなもんだから、気にすることは——」

麟太郎の言葉が終らないうちに「失礼します」と美咲は叫んで診察室を飛び出していった。あっという間だった。

静けさだけが後に残った。

「じゃあ、じいさん」

静けさを破って麻世が声をあげた。

「私は母屋のほうにいるから。少ししたら、夕食の仕度をしなければならないし」

そういって、音も立てずに部屋を出ていった。

これがそのときの、すべてだった。

気がつくと、相変らず徳三が夏希を相手に何やら喋（しゃべ）っている。

「それでやっぱり、姐さんの生まれは、深川っていうことなのか」

徳三のこんな声が聞こえた。

「親方、何を無粋なことを。女の出自は謎が一番。そのほうが、よりいっそう美しさが増すと私は思いますよ」

夏希は口元だけに笑みを浮べる。

「違（ちげ）えねえ。大きに、そうに違えねえ。謎多きは美しさの根源。姐さんのいう通りだ」

「そうですよ。私は謎だらけの、浅草七不思議――それでいいじゃないですか」

今度は顔中で笑った。花が咲いたような笑顔だった。そして、徳三が何かをいおうとしたとき理香子が「いらっしゃいませ」と声をあげた。新しい客の到来だ。

夏希の視線がさっと入口に注がれ、

「これはこれは、ありがとうございます」

急いで立ちあがり、愛想のよさ全開で新しい客のほうに小走りで向かっていった。

「なるほどなあ。俺たちはあっさり、おいてけ堀……さっぱりしているというか、潔いというか。要するに、気っ風（きっぷ）のよさということか。なあ、麟太郎」

吐息まじりの声を出す徳三に、

「そうだな、親方。女はみんな潔くて、男はみんな優柔不断。情けねえ話だよな」

しぼんだ声を出した。

そして、すぐに帰って沖縄の比嘉俊郎に電話を入れてみようと、麟太郎は腹を括った。

第二章　家族会議

大学病院が非番ということで、午後から潤一が診療の手伝いにきた。

どこで聞きつけるのか、潤一がくるときに限って女性の患者が増えるということになるのだが麟太郎にはそれが、ほんのちょっとではあるけれど癪の種になっている。潤一は長身痩せ型で、甘いマスクの持主だった。

しかし潤一の診療は午後からというのが幸いしたのか、今日は情報がそれほど広がっていないようで患者の数もいつもほどは増えていない。

それではと、麟太郎は途中から診療のすべてを潤一に任せて母屋に閉じこもった。考えを整理してみたかった。

例の比嘉美咲の件だ。

昨夜、夏希の店から早めに帰った麟太郎は、すぐさま沖縄の比嘉俊郎の医院兼自宅に電話を入れた。

ざっくばらんな挨拶をしたあと、今日美咲が診療所を訪れてきたことを、麟太郎は正直に詳細に、つかえながらも比嘉に話した。

「美咲は東京に行っていたのか——看護大学にも合格して、これで高校生活も終るから卒業旅行にということで数日間留守にするといっていたが、そうか東京か」

比嘉はこういい、

「それでお前のところに行って、そんなことを。生れたときから母一人子一人の暮しだったから、ずっと父親のことを引きずっていたのかもしれないな」

溜息まじりに口にした。

ほんの少し沈黙がつづいた。

「単刀直入に訊くが——」

沈黙を破って麟太郎が切り出した。

「美咲さんの父親のことを、お前は律(りつ)ちゃんから何も聞いてねえのか」

沖縄を訪れていたころ、麟太郎も比嘉も律子のことは律ちゃんと呼んでいた。

「残念ながら聞いてはいない。律ちゃんは何も語らず、一人で子供を産んで一人で子供を育てた」

苦しそうに比嘉はいった。

「一人で産んで、一人で育てた……」

重い声で同じ言葉を返すと、

「ところで、俺もお前に率直に訊くが——律ちゃんは美咲に父親は真野麟太郎といったというが、そこのところはどうなんだ。身に覚えはあるのか、お前には」

やや詰問調でいった。

「それは……」

麟太郎は絶句した。

また沈黙が流れた。

「ないといえば嘘になるし、あるといえばこれもまた嘘になるが」

ようやく言葉を出した。

「何だそれは。俺には意味がわからんが、いったいどういうことなんだ」

苛立(いらだ)った声で比嘉はいった。

「詳細を話すと長くなるし、電話では誤解を生じるかもしれん。だから、その件についてはお前に会ったときにな」

「会ったときにって。それじゃあ、お前は沖縄にくるつもりなのか」

叫ぶように比嘉がいった。

「ああ、そのつもりだ。近々、なるべく早いうちにそっちに行ってみようと思っている。こっちで、ああだこうだと考えていても埒(らち)が明かねえだろうからな」

そのつもりだった。事が事だけに、放っておくわけにはいかなかった。様々なことが気になった。

「そうか、わかった」

という比嘉に、

「ところで美咲さんのほうは大丈夫か。泣きながら診療所を飛び出していったが――それが心配でしようがねえんだが」

低い声でいった。

「あの子なら大丈夫だ。しっかりしすぎるほど、ちゃんとした子だから。あと二、三日もしたら、卒業旅行完了しましたとでもいって元気よく帰ってくるだろう――表面的にはだろうけどな」

最後の言葉をつけ加えるように、比嘉はいった。

「そうか。女の子はどこの子も、みんなしっかりしてるようだな」

麟太郎の脳裏に麻世の顔が浮んだ。

「どこの子もって……他にもそういう子がいるのか」

怪訝な口調で比嘉が声を出した。

「ああ。臍曲り（へそまが）だけど、うちにも一人な――これもまあ、会ったときにな」

麟太郎は詳細を先送りにし、

「それで肝心の、律ちゃんのほうはどうなんだ。行方の見当はつかねえのか」

気になっていることを訊いた。

「わからん、まったく。失踪の原因も行方のほうも。警察からも何の報告も連絡も入ってないし。ただ……」

ぽつりと比嘉は言葉を切ってから、

「律ちゃんは小さなころから特別な存在で、神がかり的な子だったから。案外、あっちこっちの御嶽（ウタキ）を巡っているということも考えられるし」

言葉を確かめるような口調でいった。

「御嶽か……」

ぽつりと麟太郎はいい、

「そうだな、律ちゃんはユタだったから……何があっても不思議ではないともいえる。お前のいうように、あっちこっちの御嶽を巡るために飛び出したともな」

感慨深げな声を出した。

ユタとは神と人との間を取り持つ巫女（みこ）であり、沖縄では誰からも一目置かれる存在でもあった。

「そうだ。正直いって、長年近くで暮してきた身内の俺でも、律ちゃんのことはよくわからん。まったく謎そのものの、不思議な女性だ」

絞り出すような声だった。

以前比嘉は、律子がユタの片鱗を示したのは、小学五年生のときだといっていた。その年の夏——集落に住む四歳になる男の子が突然行方不明になり、夜になっても戻らないという事件があった。

集落は大騒動になり、大人たちが集められて子供が行きそうな場所をしらみつぶしに夜通し捜してみたが駄目だった。大人たちは途方に暮れた。

それから二日目の朝、律子がこんなことを口にした。

「あの子は、鏡岩にいる。神様がそういった」

巨大な岩盤がそびえる鏡岩は、集落から四キロ以上離れた、ヤンバルの密林のなかにあった。とてもそんなところに四歳の子が——という大人もいたが、手をこまねいているよりは確かめてみたほうがということで、数人の男たちが鏡岩に向かった。

そして律子のいう通り、男の子はその岩のすぐそばに倒れていた。脱水症状のため体は衰弱しきっていたが、一命はとりとめた。男の子はふらふらと密林に入り込み、西も東もわからなくなって迷子になったと泣きながら訴えた。

この日から律子は、ユタになった。

これ以後——何か問題がおきると大人たちは律子の許を訪ねて御神託を聞いた。律子はそれに答えることもあったし、無言で何も喋らないこともあった。御神託は的確なものもあったし、そうでないものもあった。

いずれにしても、律子はやはり、今も昔もユタだった。

「なあ、比嘉――」

突然、麟太郎が疳高い声をあげた。

「律ちゃんは、美人だったよな。それも、かなりの」

「ああ、それは俺も同感だ。律ちゃんは誰が見ても美人だった」

すぐに同意する言葉が返ってきた。

確かに律子は美人だった。

凛とした眉の下には大きくて、それでいて切れ長の目。鼻筋もすっと通り、唇はやや厚めだったが、それが整った律子の顔に、ほどのいい柔らかさを与えた。誰が見ても華があった。

いい寄ってくる男も沢山いたようだったが、なぜか律子はそれをすべてはねつけたという話も聞いた。一言でいえば身持ちの固い美女。律子はスタイルもよく、すらりとした長身で肢も長かった。

その律子が……。

「なあ比嘉。当時律ちゃんは二十七、八歳だったはずだ。その律ちゃんが、いい寄る男をはねつけて、結婚も考えなかったというのは。それはやっぱり、律ちゃんがユタだったという理由からなのか」

思いきって訊いてみた。

「それもあったかもしれないが、いちばんの原因は……」

苦しそうな声を比嘉は出した。

「ハンセン氏……」

絞り出すようにいった。

「ハンセン氏……ハンセン病か」

「お前にはいってなかったが、律子の家系――つまりは俺の家系でもあるが。ハンセン病の患者が出ているのは確かな事実だ。そして、律ちゃんがそれを酷く気にしていたのも、確かなことだ」

比嘉の声が掠れた。

「気にするのはわからないでもないが、ハンセン病は決して遺伝性の病気ではないし、それに――」

言葉をつづけようとする麟太郎に「待て麟太郎」と比嘉は叫ぶようにいった。

「お前がさっき律ちゃんとのことを、誤解を生じることがあるから電話では無理だといったように、この話も電話では無理だ。だから今度会ったときに」

重苦しい声を比嘉は出した。

瞬間静寂が周りをつつみ、

「わかった。そうしよう」

それを追いやるように、殊更明るい声で麟太郎はいった。

それからしばらく当たり障りのない話をして電話を切った。


「ハンセン病か……」

と呟くようにいったとき、玄関の扉が開く音が聞こえた。

「ただいま、じいさん」

といって麻世が居間に入ってきた。

「おう、麻世。早いな今日は」

麟太郎の前のイスに腰をおろす麻世にこういうと、

「何いってんだよ。もうそろそろ六時になるころなのに。大丈夫か、じいさん。例の件で落ちこみすぎてるんじゃないのか」

呆れたような表情で麻世はいった。

「えっ、もうそんな時間か――うだうだといろんなことを考えていて、時間の経つのを忘れていたようだな」

苦笑を浮べて麟太郎はいう。

「うだうだというのは、やっぱり例の件か――それはそうとして、あの美咲さんという人は大丈夫なんだろうか。泣きながら飛び出して行ったけど」

麟太郎が比嘉にいった同じ言葉を、麻世は口にした。

「昨日の夜、あれから美咲さんが世話になっている、俺の旧友の比嘉という男に電話を入れたんだが、その点なら大丈夫だろうといっていた」

「じいさん、沖縄に電話をしたのか」

独り言のように呟く麻世に、

「ああ、とにかく。比嘉がいうにはあの子はしっかりしすぎるほど、ちゃんとした子だから、二、三日もしたら元気よく帰ってくるだろうと。卒業旅行で東京に行ったともいっていたな」

と麟太郎は、うなずきながらいう。

「しっかりしすぎるって――それは表面だけのことだろ」

じろりと麻世は睨むような目をした。

「表面だけにしろ何にしろ、しっかりしていれば大丈夫だと思うが……」

「しっかりしすぎてる子は、もろいんだよ。何か事がおきると、ぽきりと簡単に心が折れちまうんだよ。それが心配なんだよ」

確信ありげに麻世はいう。

「しっかりしすぎてる子は、もろいか――なるほどそうかもしれねえな。ということは、お前もそうか、麻世」

　今度は麟太郎が、じろりと睨む。

「私は大丈夫だよ。しっかりもしてないし、しすぎてもいないし。見た通りの男みたいなガサツな女だから、折れないよ——ただ、あの人は私に似ているところもあるから。だからだよ」

　麻世は両頬を膨らませる。

「似ているというのは、美咲さんもお前も、見た目が可愛いということか」

怒るだろうなと思いつつ、麟太郎はこんな言葉を麻世にぶつけた。

「何いってんだよ、間違えるなよ、じいさん。私のいってるのは境遇のことだよ。あの人も私も、母一人子一人で育って。おまけによその家に転がりこんで厄介になって——そのあたりがそっくりだって、いってるんだよ」

　やっぱり怒った。

が、いわれてみれば麻世のいう通りだ。迂闊だったが、美咲と麻世は境遇がよく似ていた。だから、これほどむきになって、麻世は美咲のことを。そういうことなのだ。

「悪かった、茶化すようなことをいって。この通り謝るからよ」

　麟太郎は素直に頭を下げる。

「いいよ、別に、そんなことしなくても。私はただ、美咲さんていう人が幸せになってくれればいいだけで」

照れたように麻世はいった。

親戚筋からの預りもの――。

近所にはこういってあるが、麻世は決して麟太郎の親戚筋ではない。まったくの他人だった。

麻世はずっと母親の満代と二人暮しだった。父親は麻世が小学二年のとき心筋梗塞の発作で呆気なく亡くなり、それから満代は昼はスーパーのパート、夜は清掃会社と掛持ちで仕事をしたが、それでも暮しは楽にはならず貧しかった。

満代は仕事をスナック勤めに変え、そんなところへ現れたのが梅村という男だった。満代より十歳ほど若い梅村は、何をしているかわからない男だったが、週に一度は二人のアパートに泊っていった。麻世はこの梅村が大嫌いだった。梅村は顔を合せると、ねっとりとした粘着質の目で麻世の体を舐めるように睨め回した。

そしてある日――梅村は不意を衝いて麻世に襲いかかり、気を失わせて体を奪った。居場所を失くした麻世は自殺を図って失敗し、麟太郎の診療所を訪れた。話を聞いた麟太郎は麻世を手許に引き取ることにし、二人の共同生活が始まった。

梅村とはその後も様々ないざこざがあったが、それが解決して、すべてが何とか落着したのはまだ、三カ月ほど前のことだった。

ようやく診療が終ったらしく、潤一が母屋に戻ってきた。扉を開けるなり、麟太郎と話をしている麻世の姿を見て「わっ」と大袈裟な声をあげた。

「麻世ちゃん、こんにちは。相変らず……」

といったところで言葉をのみこんだ。どうやら「相変らず綺麗だね」といいたかったようだが、へたなことを口にすれば麻世にどやされることはわかっている。

こいつの学習能力も少しは上がったようだ――そんなことを考えつつ、

「悪かったな、潤一。全部任せっきりにしちまってよ」

労(ねぎら)いの声をかける。

「そんなことは、いいんだけど、気になることが」

潤一は麻世のすぐ隣に腰をおろし、

「今日も例によって、胃がもたれるとかで元子(もとこ)さんがやってきて」

と話を始めた。

元子とは近所の仕出屋の女将(おかみ)で、年は四十代の半ば。婿取りをしている家つき娘のため性格は自由奔放、潤一のファンだった。

元子は聴診器を胸の下に当てる潤一に、ひとしきり嬌声(きょうせい)をあげて体をくねらせてから、こんなことをいったという。

「昨日は大変だったんですってね、若先生」

ちらりと流し目で潤一を見てから、

「何でも若い女の娘（こ）が、大先生を訪ねてきたとか。しかもその女の娘は、今から二十年ほど前の大先生の落し胤（おとしだね）とか」

甘ったるい口調でいい放った。

「えっ、元子さん。そんなこといったい誰から聞いたんですか」

さすがに潤一もこの言葉には驚き、すぐにこう質（ただ）してみると、

「噂（うわさ）ですよ、噂。町内のみんながこういってるんですよ。しかし、いいですねえ、殿方は——私なんか女盛りだというのに、そんな浮いた噂なんかひとつも」

いかにも残念そうにいったという。

「そんなことを、元子さんが」

話を聞いた麟太郎は太い腕をくんで、考えこむ。

やってきた美咲を麟太郎、八重子、麻世の三人がかりで診療所内に連れこむところを近所の誰かが目撃し、さらに『田園』で麟太郎が「二十年ほど前に……」と口にしたことを夏希が、ぽろりと漏らし、それがひとつに合わさって近所の連中の耳に。

そうとしか考えられなかった。

「しかし、凄いな、この界隈（かいわい）は。まったく下町ってえところには、プライバシーも何も

あったもんじゃねえな」

ある意味感心しながら、こう麟太郎が口にすると、

「そんなことは江戸の昔からわかっていたことで今更――いや、そんなことじゃなくて町内の噂の真相はどういうことなのか。俺はそれが知りたくてこうやって」

たたみかけるように、潤一がいった。

「さあ、そこだ」

ぼそりと麟太郎はいい、

「それに関して、これから家族会議を開こうと思う。それがすんだら、みんなで仲よく夕飯をいただこう」

ぴしゃりといい放った。

「あっ。家族会議なら、私は遠慮して夕ごはんの仕度を」

と席を立ちかける麻世に、麟太郎はゆっくりと口を開く。

「莫迦をいうな。お前がいなくて家族会議が成り立つわけがねえだろうが。お前はうちの立派な家族だってことを、金輪際忘れるんじゃねえ、麻世」

これだ。これがいいたくて麟太郎は、わざわざ家族会議などという、死語に近い言葉を持ち出したのだ。

「それは……」

立ちかけた麻世の体がすとんと、イスの上に落ちた。心なしか、両目が少し潤んでいるようにも。

「そうだよ、麻世ちゃん」

すかさず、隣の潤一が口を開いた。また、余計なことをいわなければいいがと思っていると……。

「この家でいちばん威張っているのは、麻世ちゃんなんだし。それにこの先、本物の家族になるかもしれないし」

ここで潤一はちらっと隣に視線を走らせるが、むろん麻世は知らん顔だ。

「だから、ここは堂々と、この場にね」

みごとに余計なことを口にして、嬉しそうに笑った。

「おじさん――」

元ヤンキーの麻世が、ドスの利いた声を出した。

「ちょっと意味がワカラナイんですけど。よくわかるように、もう一度話してもらえますか」

日頃は荒っぽい口調の麻世がやけに丁寧な言葉つきで、しかもうっすらと笑みを浮べて潤一を見た。

「あっ、それはだね、麻世ちゃん――」

どうやら潤一は麻世が切れる寸前の状態に陥っていることに気がつかないようで、さらに説明を加えようと声をあげた。

「ようし、そこまでだ」

慌てて麟太郎は停止の言葉を出した。

やっぱりこいつは麻世のことに限っていえば、まったく学習能力がない。大学病院では想像以上に看護師連中に、チヤホヤされているに違いない。

「麻世は半分までは知ってるが、お前はまったく知らないということで、最初から順を追って話すからよく聞いてくれ」

麟太郎はこう前置きをして、突然美咲と名乗る女性が訪ねてきたことから、その夜、沖縄にかけた比嘉俊郎との電話でのやりとりの詳細までを、丁寧に潤一と麻世に話して聞かせた。

「それでその、身に覚えがあるかどうかのくだりなんだけど、実際のところはどうなっているんだ、親父」

聞き終えた潤一が身を乗り出してきた。

「残念ながら、それはまだいえん。いうとしたら、俺が沖縄から戻ってきてからだ」

いったとたん、麻世の両目が輝くのがわかった。いつもなら何に対しても欲のない麻世が沖縄という地名にこんな反応を示すということは……沖縄武術という言葉がするすると麟太郎の頭に浮ぶ。

「沖縄まで行ってくるのか、親父は。そんな時間が取れるのか」

呆れたように潤一がいった。

「土日の休みを利用しての、トンボ返りだ。だから、残念ながら麻世――お前を連れていくわけにはいかん」

やんわりといった。

とたんに麻世の体から、力が抜けるのがわかった。

「私は別に……」

やっぱり仏頂面だ。

「じゃあ、とにかく沖縄から帰ったら、きちんと詳細を話してくれるということだな。しかし、ハンセン病とは……」

首を傾(かし)げて念を押すように潤一はいい、

「美咲さんの様子を、しっかり見てきてよ、じいさん」

麻世がこういって、麟太郎のいう家族会議は無事終った。

その夜『田園』に出かけると、すぐに夏希が寄ってきて、

「いらっしゃい、大先生――何だか大変なことになったようですね」

こんなことをいってから、

「ちらっと小耳に挟んだところでは、綺麗な若い子が大先生を訪ねてきたとか。それってやっぱり、二十年ほど前のあれですよね」

興味津々の面持ちで麟太郎の顔を見た。

「それはそうなんだが、その、二十年云々という話は、夏希ママの口から町内に広がったんだよな」

恨みがましくいってやると、

「ごめん、大先生。あのあと、つい楽しくなって口が滑ってしまって。まったく私、どうかしてる。水商売失格みたい」

夏希は両手を合せた。

「私にしたら、大先生はこんなにモテるということをいってみたくなって、それでつい。大いに反省しています」

こうまでいわれれば、黙らざるを得ない。本当なら「この分だと、銀座に戻れるのはまだまだ先のことだな」といってやりたかったが我慢した。が、口の堅かった夏希が客の話を喋ってしまうということは――それだけ夏希が、この浅草という土地柄に馴染んでしまったということにもなる。やはり銀座は、ほど遠い。ひょっとしたら、もう無理なのかも……。

「で、夏希ママが喋ったという相手は、いったい誰なんだ」

「大先生が帰ったあと、徳三さんにぽろりと」

徳三だ。徳三が夏希から聞いて、それがぱっと町内中に——これはまあ、しようがない。何たってここは浅草だ。

「で、綺麗な娘さん云々というのは、どこの誰から」

と訊くと、何とまた「徳三さん」という答えが夏希の口から飛び出した。

「えっ。喋った相手も聞いた相手も、徳三親方なのか」

驚いた表情を浮べると、

「はい、ついさっき」

夏希は目顔で奥の席を指した。

目をそっちに向けると嬉しそうな顔で徳三が手をひらひら振っている。

「あの野郎、またきてやがるのか」

思わず声を出す麟太郎に、

「なら、一緒のお席ということで。大先生はビールでよかったんですね」

そういって夏希はカウンターのほうへ戻っていき、麟太郎は奥にいる徳三の席に向かい、すっと腰をおろす。

「聞いたぞ、聞いたぞ、大先生。隠し子だってな、麟太郎。いやあ、あやかりたいねえ、羨ましいねえ」

囃し立てるように徳三はいった。

「いや、親方。それはちょっと早合点が過ぎるというか、何というか。みんなが思っていることは誤解というか、何というか。そこんところをちゃんと」

弁解するように麟太郎は言葉を並べたてるが、徳三はまったく、受けつけようとはしない。ニヤニヤ笑っているだけだ。

「そんなことより、親方。連日、この店に入りびたっているということは、本気で夏希ママに……」

話題を変えることにした。

「おう、惚れたのよ」

臆面もなく口にした。

「それはまあ、何といったらいいのか」

ほんの少し憐（あわ）れんだような声を出すと、

「ついさっきも夏希ママに、惚れちまったから、俺と一緒になろうといったばかりだ」

徳三はとんでもないことを口にした。

「そうしたら、何といったと思う」

麟太郎の胸が早鐘を打ち出した。

「親方、収入はいかほどですかと訊きやがるので、弟子に給料を払ったら残るのはわずかなもんだと胸を張っていってやった。すると」

本当に徳三は薄い胸を張った。

「今度は、それは大変ですねえ。それじゃあ、なかなか、深川芸者を身請けすることなどはといいやがるので、あの綺麗な顔に極めつけの一言を叩きつけてやったら、すぐに手のひら返しで愛想がよくなった。やっぱり夏希ママは潔い、女のなかの女だ」

徳三はコップに残っていたビールを、一息で飲みほした。

「いってえ、何ていったんですか。親方は夏希ママに」

麟太郎は身を乗り出した。

「収入は少ねえが、土地家屋はすべて俺の名義だってね」

とたんに麟太郎の口から吐息がもれた。

確かに徳三の家の土地を金に換えれば、相当の額になるはずだった。徳三の土地はかなりの広さがあった。

「お待ちどおさま、大先生」

そんなところへ、夏希がビールとお通し、それにオシボリを持ってやってきた。

夏希の両目が、じっと徳三の顔を見た。

麻世は台所で夕食の仕度だ。

献立はロールキャベツだといっていたが、はてさて、どんな代物がテーブルの上に並ぶのか。麟太郎にしてみたら、そういったところも、ちょっとした楽しみのひとつになっていた。

「おおい、麻世っ」

麟太郎は食卓のイスに座ったまま、台所の麻世に声をかける。

「今日はちゃんとした形を保ったまま、キャベツは出てくるんだろうな」

そういって返事を待っていると、

「いちおう、ちゃんとしたキャベツらしい顔をして出てくると思うけど。化粧っけなしの顔だから、じいさんが気に入るかどうかは、何ともいえないけどな」

気楽そのものの声が聞こえてきた。

それにしても化粧っけなしとは——なかなか麻世も面白いことをいうと妙な感心をしながら、麟太郎は今日の診察室での出来事を頭に浮べる。

朝一番の患者は、仕出屋の元子だった。

今日は潤一が診療の手伝いにくる予定はないし、ちょっと変だなとは思ったものの、いちおう、どんな症状なのかを訊ねてみる。

「いつもの胃もたれですよ、大先生。だから今日は、お薬さえいただければ、けっこうなんですけどね」

元子のこの言葉に、麟太郎の胸に嫌な予感がわきおこる。

「そんなことより、大先生」

へらっと笑って、元子が麟太郎の顔をちらっと見た。

「例の落し胤のお相手なんですが——町内では深川あたりの売れっ子芸者さんだって、大評判ですよ」

窺うような目つきをした。

とうとう噂に尾鰭(おひれ)がつき出した。やっぱり下町というところは凄い。この分だとこのあとはどんなことになるのか。内心大きな溜息をつきながら、

「そんな噂を、元子さんはいってえ、どこから仕入れてきたのかね」

できる限り穏やかな口調で、麟太郎は訊く。

「噂の出所なんてわかりませんよ。それこそ、あっちでもこっちでも、町内のどこへ行っても、大先生のこの浮いた話でもちきりなんですから」

しゃあしゃあと元子はいうが、いくら下町といっても、それほど暇人ばかりがいるわけでもない。しかし、それほどではないとしても、ある程度はと考える麟太郎の脳裏にふいに徳三の顔が浮んだ。

あいつだ。

おそらく徳三が『田園』の夏希を評して、深川の羽織芸者のような小股の切れ上がったいい女——などと得意げに吹聴したのを誰かが耳にして、いつのまにかそれが麟太郎の今度の件にくっついてしまい、こんなことに……そうとしか考えられない。この分でいくと、いったい次はどんな展開になってしまうのやら。

「ううっ……」と思わず麟太郎は唸り声をもらす。

「あっ、やっぱり図星だったんですね。大先生。羨ましいことで」

とたんに元子の顔が、ぱっと綻んだ。

「あのなあ、元子さん——」

すかさず麟太郎が抗議の言葉を出そうとすると、傍らに立っていた看護師の八重子がそれより早く、凛とした声をあげた。

「元子さん、そういう話は軽はずみに口にするもんじゃありません。人の噂などというものは無責任そのもので、それを鵜呑みにしてさらに吹聴するなど、もってのほか。元子さんそのものの人格を疑われることになって、今度は元子さん自身が何をいわれるかわかったもんじゃなくなりますよ」

子供を諭すようにいった。

「えっ、あっ、それは」

とまどいの声をあげる元子に、

「それじゃあ、今日の診察はここまでということで、お引取り願えますか。どうもご苦労様でした」

八重子は有無をいわせぬ口調でいった。

「やっぱり下町ってところは、凄いところだな、八重さん。今更ながらではあるが、感心するよ俺は」

元子がドアの外に消えるのを待って、苦笑を交じえながら麟太郎がいうと、

「凄いところではありますが、皆さん悪気はなくて、ただ面白がっているだけでございますから。あまり、お気になさらないように、大先生」

何でもない口調で八重子はいった。

そんなことを思い出していると、どうやら夕食ができたようで、台所から麻世が料理ののった皿を手にして出てきた。

「今日は、まあまあだろ、じいさん」

テーブルに皿を置いて、得意満面の表情で麻世はいった。

確かに多少の煮崩れはあったものの、キャベツはきちんとロール状に巻かれて料理の体をなしている。以前はこれがぐちゃぐちゃに崩れて、それを見た潤一が「肉とキャベツのごった煮か」と口に出し、麻世に睨まれたこともあったが。

「確かにキャベツは、キャベツの顔をしている。腕をあげたな、麻世」

麟太郎のこんな言葉に、えへっと麻世は嬉しそうな顔をして台所に戻り、味噌汁やら漬物やら佃煮やらをテーブルに運んだ。

そんなところへ、ドアの開く音が聞こえた。多分、潤一だ。

「おっ、いいところへきたな。今日は最初から、お相伴にあずかることができるな」

皿の上のロールキャベツを見て、目を輝やかせながらいった。また、余計なことといわなければいいがと思っていると、

「以前は訳のわからない、肉とキャベツのごった煮というかんじで思わず笑えたんだけど」

みごとにいってのけた。

麻世が、じろりと潤一を睨んだ。

「文句があるなら、食べなくていいから」

ぼそっといった。

「あっ、いや。文句は何にもないというか、俺はただ、あのごった煮がこんなに進化して、料理らしき物に成長したのに感動を覚えて、それでつい、その裏返しの言葉を出したというか」

弁解がましく潤一はいう。

「相変らず、おじさんは理屈っぽいね。とにかく食べるつもりなら、自分で自分のもの

は運んできて」

ぴしゃりという麻世の言葉に、潤一はすぐに反応して台所に走った。

ようやく夕食が始まった。

「いや、これはうまい。絶品だといってもいい味つけだと、俺は思う。いや、本当に大したもんだ」

ロールキャベツを口に頬張りながら、潤一は絶賛の言葉を並べたてるが、むろん麻世は知らん顔だ。この二人、前世で敵(かたき)同士でもあったのか、とにかく相性が悪い。この分ではいくら潤一が麻世のことを好きでも……そんな考えを追いやりながら、

「ところで潤一、今日元子さんが診察を受けにやってきてな――」

麟太郎は元子とのやりとりの一部始終を徳三の件もまじえて潤一に話す。

「元子さんが、そんなことを。でも下町の噂話なんて、ただ単に面白がっているだけで悪気はないから。大して気にすることはないと思うよ、親父」

八重子と同じようなことを、潤一は口にした。つまりはそれが、正論ということなのだろうが。

「それより、その噂の出所の徳三さんが夏希ママに惚れたという話。そっちのほうが断然面白い気がするんだけど」

本当に潤一は面白そうな顔をした。

「あれなあ……本気なのか冗談なのかはよくわからねえが、あれから、徳三さんが『田園』に通うようになったのは事実だからな」

低い声で麟太郎はいう。

「徳三さんも奥さんを亡くしてから、かなりの年月が経っているし、子供さんは——確か一人いたよな」

潤一は遠くを見るような、目つきをした。

「女の子が一人な。といっても八王子のほうに嫁いで、今はもう、そろそろ五十近くになるはずだがよ」

天井を見上げて麟太郎はいう。

「なら、もし夏希さんと結婚するとなった場合、多少はその娘さんと、もめるかもしれないけど。その後、徳三さんが倒れでもしたら夏希さんが面倒をみることになるわけで、その点からいえば有難いというか」

現実的なことを潤一はいった。

「結婚って、そんなことが実際によ……」

独り言のように口にする麟太郎に、

「土地家屋のことを、徳三さんは持ち出したんだろ。そして夏希さんは、その話を聞いて手のひら返しをしたんだろ。となると満更、あり得ないことではないような気もするけどな」

極めつけの言葉を出した。

「それはまあ、そうなんだが」

と麟太郎は何となく言葉を濁す。

「そのときは、潔く諦めることだな、親父。じたばた、騒ぎたてないでな」

何でもないことのようにいう潤一に、

「お前こそ、さっさと麻世のことは諦めたほうが身のためだ」

といいたいのを我慢して、

「そんなことは、当たり前だ」

麟太郎は、殊更はっきりした口調で返した。

「そんな、くだらない話より」

そのとき突然、麻世が声をあげた。

「ちょっと、気になることがあるんだけど。あの美咲さんのことで」

麟太郎と潤一の目が、麻世の顔に集中した。

今日の夕方のことだという。

学校が終って麻世が戻ってきたとき、診療所の前に誰かが立っているのが見えた。目を凝らして見てみると、どうやら先日診療所にやってきた美咲のような気がした。

「美咲さん」

美咲に親近感を覚えていた麻世は、思わず大声をあげて名前を呼んだ。すると、その誰かは慌てて診療所の前から走るようにして姿を消したという。

美咲が診療所にやってきてから、三日が過ぎていた。

「あれは多分、美咲さんだと私は思う」

麻世は身を乗り出すようにしていった。

「もし美咲さんだったら、いったい何をしに、またこの診療所へ」

首を傾げていう潤一に、

「沖縄に帰る前に、もう一度ここに寄ってみたかったんじゃないのか」

断言するように麻世がいった。

「もう一度って、あれはあれで一時的ではあるにしろ、落着はしているはずで今更もう一度きてみたって」

潤一は首を傾げたままだ。

「だから、おじさんは駄目なんだよ。頭が固すぎて、話にも何にもならないよ。美咲さんはまだ、何かを話したかったんだよ。じいさんと話がしたかったんだよ」

たたみかけるように、麻世はいった。

「親父に話って、いったい何の話が」

怪訝そうな表情を潤一が浮べると、

「じいさんはおじさんと違って、理屈なしに優しいんだよ。それを美咲さんはあのとき、見抜いたんだと思う。だからもう一度……」

はっきりした口調でいった。

「あっ、麻世ちゃん。俺だって親父に負けないぐらい、優しいはずなんだけどね。そこんところを間違えてもらうと……」

おろおろ声でいう潤一を無視して、

「美咲さんは、またやってくる。おそらく明日ぐらいに。そんなに長く東京にはいられないだろうから」

麻世は、はっきり断言した。

次の日――。

麻世は早退でもしてきたのか、昼過ぎには診療所に戻ってきた。どうやら、美咲がいつきてもいいように、二階から診療所の前につづく道を見張るつもりらしい。麻世は自分と境遇のよく似た美咲が、どうにも気になるらしく、心配でたまらないようだ。

診療が終る直前。

ドアをノックする音が聞こえ、八重子が出てみると嬉しそうな顔の麻世が立っていた。

「きたよ、やっぱり、じいさん」

早口で口にした。

「そうか、きたか――」

麟太郎も早口でいい、

「じゃあ、麻世。お前が対応してくれるか。くれぐれも乱暴なまねはしないで、優しく丁寧によ。俺の診察も、もうすぐ終るから、すぐに母屋に行くからよ」

麻世に向かって小さくうなずく。

「わかった」

ドアが閉まって、麻世が急ぎ足で外に向かうのがわかった。

「きたって、何がきたんかいね、大先生」

麟太郎の前に座っていた、今年八十六歳になる米子（よねこ）が不審げな表情でいった。腹の塩梅（あんばい）がよくないといってやってきたのだが、有り体にいえば、亭主の愚痴をこぼすために顔を見せる常習犯だ。

「みんなが待っていた、大事な宅配便だよ」

そう答えてから麟太郎は話題をさらりと変えて、

「それはそれとして、米子さんの変調は疲れからきてるもんだからよ。体を休めることが一番の薬になるな。大事な体なんだから、大切に扱わねえとな」

決して気のせいだとは、いわない。

「それから、ご亭主に会ったら、パチンコ通いもほどほどにと強くいっておくから心配はいらねえ——じゃあ、今日の診察はこれでおしまいだ」

はっきりした口調でいって、麟太郎は米子の肩をぽんと叩いた。はっきり宣言しなければ、米子はこのあともぐだぐだと亭主の愚痴を口にするのはわかっていた。

礼をいって診察室のドアに向かう米子の後ろ姿を見ながら、また新たな噂話が町内に飛びかうんだろうなと、麟太郎はうんざりした表情を顔中に浮べる。

「大丈夫ですよ、大先生。米子さんは元子さんほど、お喋りじゃないですから。それほど大したことにはならないと思いますよ」

それを見た八重子が、あまり慰めにもならないことを口にして、分別臭そうな顔で麟太郎を見た。

「そんなことより、大先生。麻世さんは美咲さんに逃げられないように、ちゃんと捕まえたんでしょうか」

いうなり八重子はドアを開けて、待合室を窺うように見る。

「あっ、大丈夫です。今、二人は米子さんとすれ違って母屋のほうへ——」

いってから「あっ」と小さく声をあげて、八重子は自分の口を押えた。

「そうか、米子さんとすれ違ったか。そりゃあまあ、仕方がねえよな……それじゃあ俺も、母屋へ行ってくるからよ」

掠れた声で麟太郎はいった。

白衣を脱いだ麟太郎が母屋に行くと、美咲は麻世と居間のソファーに向きあって座り、何かを話していた。

「あっ、すみません。何度も押しかけてしまって」

麟太郎の姿を見た美咲は慌てて立ちあがり、ぺこっと頭を下げた。

「やっぱり、昨日の人影は美咲さんでした。でも今日は私の言葉に素直に従ってくれて、ここへ」

ちょっと得意そうに麻世がいった。

「そうか、それはお手柄だったな、麻世」

麟太郎は首を縦に振ってから視線を美咲に向け、

「実をいえば、俺のほうもあんな状況になってしまって、心配していたんだ。いや、こうして元気な顔を見せてくれて、ほっとしているよ」

柔らかな口調でいいながら、麟太郎はごつい顔を精一杯綻ばせる。浮べている本人にはよくわからないようだが、この笑顔が女性にしたら、麟太郎の優しさの第一歩に映るらしい。

美咲に座るようにいい、麟太郎も麻世の隣に腰をおろして、世間話のような口調で声を出す。

「沖縄には、いつ帰られるのかな」

決して「今日は何をしに、ここへ」とは訊かない。

「今夜、八時十五分の最終便で羽田から那覇に向かって……」

掠れた声で美咲は答えてから「あっ」と何かを思い出したような声をあげ、傍らに置いた大型のバッグのなかを探り出した。

「あのこれ。この間は突然押しかけて、手みやげもお渡ししないまま飛び出したりして、それで今日、持ってきました」

新聞紙に包んだ物を取り出して、今日訪れた理由を端的に美咲は口にするが、本当の理由はそれだけではなく、他にもあるはずだ。心の奥で麟太郎はそう思う。

「あの、裏の畑で穫れた、ゴーヤです」

幾分恥ずかしそうな口調でいって、美咲は新聞紙のなかからイボイボのある緑のカタマリを二つ取り出した。

それを見た麟太郎は「おうっ」と叫ぶような声をあげ、

「これはいい。この辺りでは、ゴーヤは夏じゃないとうまいのが手に入らなくてよ。よし、そういうことなら、今夜のお菜はゴーヤチャンプルーにしよう。いいな、麻世」

機嫌のいい声でいった。

「えっ、何、そのゴーヤチャンプルーっていうのは」

呆気にとられた表情で声をあげる麻世に、

「このゴーヤを切って、様々な具と一緒に炒める、沖縄の家庭料理だ。これが、ほろ苦くて何とも深みのある味というか」

麟太郎は嚙んで含めるようにいう。

「だから、じいさん。私にはその料理のつくり方が、さっぱりわからないんだけど」

さらに異議を唱える麻世に、

「そこに、沖縄料理のプロがいるじゃないか。だから二人で相談しあってよ。簡単なことじゃねえか」

何でもないことのように、麟太郎はいった。

「あっ、そういうことか。美咲さんと二人でつくれということか……」

感心したような声を麻世があげた。

「八時過ぎのフライトなら、まだ時間は充分にある。だからそのチャンプルーで、美咲さんも一緒に、みんなでここで夕食をよ」

ちょっと照れたようにいった。

「了解――それなら早速。よろしくお願いします、美咲さん」

美咲を急かせるように、さっと麻世が立ちあがった。

「あの、いいんですか。私がここで夕食をごちそうになっても、本当に」

とまどいの声をあげる美咲に、

「いいんだよ。このじいさんは、ざっくばらんで優しい心根の持主なんだから、気にしなくったって」

麻世の威勢のいい声が飛ぶ。

それから二人は連れ立って、台所へ向かった。何やら相談をしながら料理をつくり出したようだったが、三十分ほどして、ちゃんとしたゴーヤチャンプルーができあがった。

「おうっ、これはうまそうだ」

大皿に盛られた料理を見て、麟太郎が歓声をあげると、

「ちょうど冷蔵庫のなかに、豚肉と豆腐があったから、大助かりだった」

麻世はこういってから、

「と、美咲さんがいってたけど……」

慌てて言葉をつけ加えた。

「あの、すみません」

ふいに美咲が声をあげた。

「時間もなかったですし、チャンプルー料理ということもあって、塩もみはしてありませんので、苦みはそのまま……」

申しわけなさそうな顔でいった。

「そのまま、けっこう。とにかくいただこうじゃないか」

笑いながらいう麟太郎の言葉に、麻世と美咲も箸を手にする。

「苦いけど、うまいな」

ゆっくり噛みしめながら麟太郎が感想をのべると、

「おいしいけど、苦い」

麻世がこう答えた。

「慣れると、その苦さがうまさに変るんだ。不思議な食べ物だ、ゴーヤというのは」

と麟太郎がいったところで、玄関の扉の開く音が聞こえた。

「また、潤一がきたのか。あの野郎、ここのところ連日だな」

という麟太郎の言葉が終らないうちに、思いっきりの笑顔を浮べて潤一が入ってきた。

そして当然のことながら、視線は美咲の顔に張りついた。瞬間、潤一の体が固まったように見えた。どうやら美咲の美人度に、かなり驚いたようだ。

「ひょっとして、あなたが、例の、美咲さんですか」

おずおずとした声に、すぐに美咲は立ちあがり、丁寧に頭を下げた。

「比嘉美咲といいます。よろしくお願いいたします」

「あっ、俺は、ここの息子で真野潤一と――こちらこそよろしくお願いいたします」

ぺこりと頭を下げた。

「おぼっちゃま育ちの、まったく気配りのできんやつだから、それほど気にすることはないぞ、美咲さん」

麟太郎の辛辣な言葉に加えるように、

「おじさん。ゴーヤが食べたかったら、自分の分は自分で」

麻世の素気(そっけ)ない言葉が飛んだ。

すぐに潤一は台所から自分の分の飯やら食器やらを持ってきて、空いている美咲の隣に座る。

「それで、その美咲さんが、何のために今日ここへ」

ゴーヤを頬張りながら、潤一は麟太郎と麻世が避けていた言葉をあっさり口にした。とたんに美咲の箸が止まった。困惑の表情が顔に浮んだ。

「そうそう、美咲さんにまず、これをいっとかねえとな——俺は今度の土日にでも沖縄に行くつもりだからよ」

すかさず麟太郎が声をあげて話題を変えた。

「真野先生が沖縄へ！」

驚いた声をあげる美咲に、

「沖縄に行って比嘉俊郎に会う。そこで様々なことをすべて話すつもりだからよ。そうすれば美咲さんの心のわだかまりも、大半が溶けて納得できるはずだ」

できる限り優しい声で、麟太郎はいう。

「はい、ありがとうございます。そうしてもらえれば」

元気のいい声を美咲があげた。

「さっきもいったように、このじいさんは優しさの塊だから。莫迦がつくくらい正直だし」

ここぞとばかりに麻世は声を張りあげ、

「それから真野先生なんて、しゃっちょこばった呼び方をしないで、じいさんでいいから。そのほうが、このじいさんは喜ぶから」

念を押すようにいった。

また余計なことを……せめて大先生ぐらいはと麟太郎は思うが、口に出してしまったものは仕方がない。顔を崩して鷹揚にうなずいてはみせる。

「いえ、それではあまりに失礼すぎますから、やっぱり真野先生と。事がはっきりするまではそう呼ばせてもらいます」

きっぱりした口調でいう美咲を見ながら、この娘のほうが麻世よりは人間ができている……そんなことを思いつつ、

「まあ、俺は何でもいいからよ。気軽に好きな呼び方をしてくれればよ」

ほっとした思いで言葉を出すが、では事がはっきりしたら、この娘は自分のことを何と呼ぶのだろうと、余計なことを考える。

「あの、私。真野先生にひとつ質問が」

やけに真面目な顔で美咲が口を開いた。

「ハンセン病は、遺伝するんでしょうか」

低すぎるほどの声でいった。

そうか、この娘はこの質問の答えが知りたいがために、ここにきたとも。しかし、この娘のそばには比嘉がついている。今の質問の答えはすぐにわかるはずだが……。

「この間の電話で比嘉から、身内にハンセン病に罹患した者がいることは聞いた。そのために美咲さんは心配してるんだろうが、ハンセン病が遺伝するなどということは、医学的に絶対にない。迷信妄想の類いで、いわば悪意のある都市伝説のようなものだ。なあ、潤一」

麟太郎は潤一に声をかける。

「俺は大学病院の外科医ですが、ハンセン病は極めて弱い感染症にすぎないというのが立派に証明されていて、遺伝がそこに関わってくる要素もまったくありません。それに現在の日本ではハンセン病はほとんど根絶されていて、患者数はいないに等しいといってもいいほどです。ずっと昔の話ならともかく、今時そんなことを口にする人間は、いないと思いますが」

　はっきりした口調でいう潤一に、

「へえっ、おじさんも、たまには医者らしいことをいうんだ」

　ちょっと感心したように、麻世がいった。

「あのね、麻世ちゃん」

　と潤一が言葉を出そうとしたとき、

「いるんです、今でも」

　くぐもった声を美咲は出した。

「私も医学的には遺伝は関係ないと信じていますが、それでもやっぱり、そうしたことをいわれれば。それで何度も俊郎おじさんに訊いてみたんですけど、一笑にふされるだけで。それに俊郎おじさんはやっぱり、身内ですから、ここは他のお医者さんにも訊きたいと思って、それで」

　ようやくわかった。美咲は比嘉以外の、誰かちゃんとした医者から、はっきりとした言質がとりたかったのだ。自分の心の奥に澱(おり)のように微(かす)かに残っている闇のようなものを払拭できる確かな言葉が——それだけ美咲は心ない人の妄言に、これまで傷つけられてきた。そのようにも考えられた。

「小さいときからの、私の渾名(あだな)……」

ぽつりと美咲はいった。

「渾名が、どうしたの」

麻世が身を乗り出してきた。

「バイキン……です。あの子はバイキン持ちだから口を利いては駄目、近よっても駄目、一緒のものを食べても駄目。私は小さいころからそんなことを周りでいわれて、バイキンという言葉を投げつけられてきました。もちろん、全部の人にではありませんが。それでも私はどこに行ってものけ者にされて、いつも独りぼっちでした。いつも……」

美咲は淡々と、それでも歯を食いしばるようにして言葉を出した。

「じいさん」

麻世が吼えるような声をあげた。

「ハンセン病って何だ。私は学がないから、よくわからないけど」

「それなりの歴史、経緯や差別など、詳細は長くなるからまた今度きちんと話してやる。今は美咲さんの言葉で大体のことを想像しておけ。辛い話だ」

重い声を出す麟太郎に、

「とにかく美咲さんが、差別されて苛(いじ)められてきたということは、よくわかったよ。それなら今回とはいわないけど、次にじいさんが沖縄に行くときは、私も一緒に連れてけよ。美咲さんを苛めたやつは私がシメてやるから、絶対に連れてけよ」

麻世は叫ぶようにいった。

このとき麟太郎は、麻世を沖縄に連れていくのもいいかもしれないと、ふと思った。沖縄の風土と、ハンセン病の名のもとに家族から引き離されて強制隔離された、多くの患者たち。これをつぶさに見せるのも、麻世のためにはいいのではと――。

「私も美咲さんと同じように、ずっと、のけ者にされて苛められてきたんだ」

呻くように麻世がいった。

麻世の苛めの原因は貧乏と、それに美しさに対するやっかみだった。

その苛めに泣いてばかりいた麻世は、小学五年のときから対抗手段として今戸神社の裏にある剣術の道場に通い出した。

そこは林田という老人が道楽のためにやっていたような道場で、そのために月謝は無料。麻世でも通うことができた。

流派は柳剛流――古来より伝わる実戦剣法で剣術の他に組打技も伝わっていて、当て身、蹴り、投げ、関節……何でもありの喧嘩技が特徴だった。そのために怪我人が出るのもしょっちゅうだったが、麻世は歯を食いしばって容赦のない荒稽古に耐えた。

そのかいがあって麻世は強くなり、道場でも一、二を争う腕の持主になった。麻世に対する苛めはなくなったものの、まともな人間は麻世に近づかなくなり、寄ってくるのは不良や、ヤンキーばかりになった。麻世は命を張るような喧嘩にあけくれ、ヤンキー仲間では「ボッケン麻世」の異名で呼ばれる存在になった。

そんななか、あの事件がおき、麻世は自殺をはかることになるが、それを救ったのが通称『やぶさか診療所』の大先生といわれる麟太郎だった。それ以来麻世は親戚筋からの預りものという触れこみで麟太郎の許に引き取られ、お手伝いさん代りのようなことをしながら高校に通い、今に至っている。

「そんなことが、麻世さんに」

話を聞き終えた美咲は、驚きの表情で麻世を見た。

「そう、要するに美咲さんと私は同類項のようなもの。だから何でも相談して。どんな危ないことでも何とかするから」

胸を張るようにいう麻世に、

「危ないことだけは余分だろ、麻世。まったくお前は。その手の話になると、すぐに首を突っこみたくなる性格だからよ」

と麟太郎は釘(くぎ)を刺すことを忘れない。

「とにかく俺は、美咲さんの疑念を払拭するために近々、沖縄に行く。そして、あらゆる事柄を比嘉俊郎と話し合う。そういうことだ」

「でも……」

と美咲が細い声をあげた。

「結局、真野先生は、私のお父さんではない。そういうことになるんですよね」

淋（さび）しそうにいった。

どうやら美咲も麟太郎のことを、気に入ったようだ。

「そうとは、いえない」

そのとき突然、潤一が声をあげた。

「型破りで大酒飲みの親父のことだから、まだまだ、美咲さんの父親であるという可能性は充分に残っていると俺は思う」

とんでもないことをいい出した。

みんなの視線が潤一に集中する。

「となると、親父、俺、麻世ちゃん、そして美咲さんが一堂に会したこの集まりが、本当の家族会議。そういうことになるよな」

大きくうなずく潤一を見ながら、麟太郎は長い溜息を口から出した。

第三章　御嶽での一夜

昼ちょっと前に、麟太郎が那覇空港に着くと比嘉俊郎が迎えにきていた。

比嘉と一緒に空港の外に出ると、まだ三月だというのに温気のようなものが、わっと麟太郎の体を押しつつんだ。暑くはなかったが、初夏のにおいが感じられた。

「ここからはあそこにある、俺の車で移動だ。途中で昼飯を食っていこうか」

比嘉はこういって、空港前に停めてある車を目顔で指した。かなり年季の入った軽自動車だった。

「相変らず医院のほうは、儲かってはいないようだな」

車に乗りこみ、隣でハンドルを握る比嘉にいうと、

「沖縄に限らず、良心的な町医者なんてのはこんなもんだ。町医者が儲けに走ると、ろくなことにならない。お前んところも似たようなもんじゃないか」

笑いながら軽口を飛ばした。

「確かに、俺のところも似たようなもんだ。しかしその分、面白くもあるし気楽でもあ

るがな」

楽しそうに麟太郎もいう。

「そういうことだ。いくら大金を持っていたとしても、死んでしまえばそれまで。それは人の生き死にを沢山見てきた、医者の俺たちがいちばんよく知っているからな」

そんな話をしながら、比嘉は三十分ほど運転をつづけ沖縄の古民家風の店の前まできて車を停めた。

「ここの、ソバはうまい」

比嘉のあとにつづいて麟太郎は店のなかに入り、靴を脱いで板敷の床にあがる。小さな座卓の前に胡坐（あぐら）をかいて座り、一息つく。

注文をとりにきた女性に麟太郎はソーキソバと炊きこみごはん（ジューシー）、それに島豆腐を頼み、比嘉も同じ物を注文した。

店内の古びた窓はすべて開け放してあり、そこから爽やかな風が入ってくる。いい気持だった。

車なのでビールという訳にはいかず、二人は料理と一緒に運ばれてきた、さんぴん茶で乾杯する。

「ところで、美咲さんは元気か。東京から戻ったあとは、どんな様子だ」

麟太郎が口を開くと、

「上機嫌とはいかぬまでも、機嫌のほうはすこぶるよかったな。あれは、けっこうお前のことが気に入ったという証拠だと、俺は見ているが」

嬉しそうに比嘉はいった。

「まあ、そうかもしれねえけどよ」

麟太郎はソーキソバの汁を、ずずっとすする。しっかりとダシのきいた、喉に染みわたる味だった。

「お前はそのごつい顔に似合わず、心根のほうは優しくて正直な男だったからな。そのへんを世の女性たちは、敏感に嗅ぎとるんだろう」

麻世と同じようなことを比嘉はいった。

「ごつい顔だけは余分だろ。そんなことをいえばお前だって――」

何気なく口に出してから、麟太郎は慌てて口をつぐんだ。比嘉は決して、ごつい顔の持主ではない。目の前に座っている比嘉は、色こそ浅黒かったが、目鼻立ちのはっきりした二枚目だった。従兄妹（いとこ）同士というだけあって、どことなく律子に似ていた。

「お前がくるということで、今夜は腕を振るって料理をつくるんだと、美咲は張りきっていたが、はたしてどんなものが出てくるか、俺も楽しみにしている」

うなずきながらいう比嘉は、すでにソーキソバを食べ終え、ジューシーをうまそうに口に運んでいる。

「あの子はうちの麻世と違って、かなりしっかりした性格で人間もできているようだから、いろんな意味で大丈夫だ」

太鼓判を押す麟太郎に、

「そうそう、その麻世さんだが、とても優しくしてくれたといって、美咲がえらく感謝をしていた。東京に戻ったら、麻世さんによく礼をいっておいてくれということだ」

真面目な面持ちで頭を下げた。

「あの二人なあ……」

麟太郎はちょっと言葉を切り、

「麻世のほうが一歳下だが、二人とも境遇がよく似ているために、お互いに通いあうものがあったんじゃねえのか」

しみじみとした調子でいった。

「そうらしいな。相当ワケアリの美少女だと美咲はいっていたから——ちなみにいえば、美咲もかなりの美少女なんだが、その美咲が麻世さんには敵（かな）わないと、あっさり負けを認めていたな」

悔しそうにいう比嘉に、

「それは、まあ……」

何となく麟太郎は得意げに胸を張るが、その様子に比嘉はほんの少し、しょげた表情を見せる。

「美咲さんから聞いて知っているとは思うが、麻世と美咲さんの境遇の根の部分は同じようなもんだから、それで余計にな」

麟太郎がさらっとこういうと、

「二人は根の部分が同じなのか――なるほど、そういうことなのか」

納得したような口振りで比嘉はいった。

「なるほどって。お前、美咲さんから、そのあたりの麻世の事情を聞いてねえのか」

意外な思いで麟太郎が口に出すと、

「ワケアリの美少女だという以外は、何も聞いていない。美咲は人のプライバシーに関わることになると、とたんに口のほうが堅くなる性格だから。まあそれも、自分の今までの体験を踏まえての心構えのようなものだと思うが」

比嘉の言葉を聞きながら、やっぱり美咲は人間ができていると考えてから、ひょっとしたらこれは虐げられてきた者のみが持つ、ある種の優しさを含んだ生活の知恵なのかもしれないと麟太郎は思った。

「そうか、そういうことなら、俺の口から麻世の生いたちを、ざっと話してみるか。お前なら口が堅そうだし」

麟太郎はこういって、麻世が美咲に明かした程度のあれこれを、比嘉に話して聞かせ、比嘉はその話を、一言の言葉も挟まず無言で聞いた。

「そうか、麻世さんも小さなころから苛められてきたのか。そして、そんな忌わしい事件がおきて家を飛び出し、お前のところへ――根が同じようなものだというのはそういうことか」

話を聞いた比嘉の第一声がこれだった。

「そういうことだ。二人とも、幼いころから心ない苛めにあって心を閉ざした。その結果、麻世はそれに真正面から立ち向かおうと、剣術の道場の門を叩き――」

沈んだ声で麟太郎がいうと、

「美咲のほうは耐えに耐え、その分勉学に力を注いで看護大学の道を選んだ。独りでもちゃんと生きていけるように、そして難病で苦しんでいる人たちの力に、少しでもなっていきたいと考えて」

比嘉も沈んだ声でいった。

「武闘派と倫理派か――これはどう見ても美咲さんに軍配が上がるな。麻世のほうは子供っぽいが、美咲さんのほうは地に足がついた、大人の選択だ」

こんな麟太郎の言葉に、

「だが、それだけにお前は、麻世さんが可愛くて仕方がないんじゃないのか。お前も学生時代、得意の柔道で、訳のわからん輩（やから）を相手にして夜の繁華街で喧嘩をしまくっていたからな。確か警察の世話になったことも、一、二度あったんじゃなかったのか」

比嘉はこう返した。

「それは、まあな……」

麟太郎が言葉を濁すと、

「実際には、柔道の技などを教えこんだりして、けっこう麻世さんを鍛えてるんじゃないか。昔取った杵柄(きねづか)で」

苦笑まじりにいった。

「それは無理だ」

比嘉のその言葉に、麟太郎は情けない声を出した。とたんに比嘉の顔に怪訝なものが浮んだ。

「ここだけの話だが、俺より麻世のほうが、多分強い」

ぼそっといった。

「えっ、まさか――高校生の女の子のほうが、柔道の猛者(もさ)だったお前より強いっていうのか。それはお前が年を取ったからという理由で、そうなるのか」

唖然(あぜん)とした表情でいった。

「違う……若いころの俺が麻世と闘ったとしても、多分勝てないだろうと思う。残念だが、これは事実だ。麻世は強い、これは俺の偽りのない実感だ」

「そんなことが……」

「俺がやってきたのは、相手をいかに投げ飛ばすかというスポーツ柔道だ。だが麻世のやっているのは、相手をいかにして殺すかという武術だ。その点から見ても腹の括り方が、まったく違う。あいつは、そんな殺し合いのような修羅場を何度もくぐり抜けてきている。いざとなったら、死ぬことさえも怖れない覚悟を常にしている」

麟太郎は絞り出すようにいい、

「そんな麻世の気性を少しでも和らげるのが俺の役目であり、そしてそんな強い心の麻世に、ゆくゆくは看護師になってもらいたいというのが今の俺の夢だ」

こんな言葉で話を締めくくった。

「そうか、そんな性格なら、看護師にはぴったりかもしれんな」

吐息をもらすように比嘉はいった。

「だから、麻世と美咲さんが仲よくなったということは、俺にとって嬉しい限りではあるし、それに」

麟太郎は言葉をぽつんと切ってから、

「今度沖縄に行くときは、自分も連れていけと麻世はいっていたが――そのとき俺は、屋我地島へ麻世を連れていこうと思っている。本当の弱者の実態を知ってもらうために」

力強くいった。

「屋我地島へ、麻世さんを……」

唸るような声を、比嘉があげた。

「そうだ。お前が十年以上勤めてきた、ハンセン病の療養施設のある屋我地島だ。俺はその『沖縄愛楽園』へ麻世を連れていって、すべてを見せてやろうと思っている」

凜とした声でいった。

「そうか、それもいいだろうな。美咲も何度かあの島を訪れて、ある種の感動を覚え、それが看護師への道に拍車をかけたともいえるだろうから」

「美咲さんも、あの島に行っているのか。随分勇気がいったとは思うが、やっぱりという気持のほうが強いな。そうか、美咲さんも、あの島になあ……」

最後のほうは、独り言のような口調だった。

少しの間、静寂が周りをつつんだ。

「ところで、麻世をあの島に連れていくことになったら――」

正面から比嘉を見た。

「お前に、ぜひ療養施設の案内を頼もうと思っている。沖縄でのハンセン病の歴史と実情をしっかり麻世に教えてやってくれ。よろしく頼む」

思いっきり頭を下げると、

「それは、やめたほうがいい」

　思いがけず比嘉は、低い声で否定の言葉を口にした。

「俺は『愛楽園』の関係者でもあり、実際のハンセン病患者の身内でもある。そんな俺がお前たちに同行してあれこれ話をすれば、それは差別や偏見に対する一方的な弾劾演説になるかもしれんし、公正さという面からもほど遠い、的を外した解説になるかもしれん。そんな雑音に耳を傾けさせるよりも、目と耳を全開にして、納得のいくまで、静かに展示物や現実に触れあわせてやるのがいちばんいい。他人の声による余計な言葉は、自分の心の声の邪魔になるだけ。俺はそう思っている」

　はっきりした口調でいった。

「そうか、なるほどな。目と耳を全開にして現実と向きあえば、自分の心の声が響いてくるか。そうかもしれんな。いや、お前のいう通りかもしれん」

　大きくうなずく麟太郎に、

「現に美咲も、あの島には一人で行った。そして何か大きなものを得て、戻ってきた。それが何なのかは俺にはわからないが、それが貴いものであることは確かだ」

　比嘉も首を縦に振る。

「ということは、俺も一緒に行かないほうがいいということか」

　情けなさそうな声を麟太郎が出すと、

「そういうわけにはいかんだろうから、お前は施設の外のどこかで待っていてやればいい。そして、麻世さんの心の響きをしっかり受けとめてやればいい」

労るような声を出した。

「そうか。麻世がどんな顔をして戻ってくるか。それを見るのも、大いなる楽しみではあるな」

「それから――」

麟太郎の声にかぶせるように、比嘉が叫ぶような声を出した。

「島の一角に亡くなった患者の納骨堂があるが、その傍らに母子の碑が建っている。正式には〝声なき子供たちの碑〟というんだが、それを必ず麻世さんに見せてやってほしい。必ずだ」

「母子の碑って――あの島には俺も一度行ったことがあるが……はて、いったいどんな碑で、何が書かれているのか」

麟太郎が首を捻ると、

「覚えがないということは、おそらく見ていないということだ。あの碑に書いてある文字を一度でも目にすれば、決して忘れることはないはずだ」

諭すような口振りで比嘉はいった。

「決して忘れることはないって――いったいそこには何が書かれているんだ、比嘉」

麟太郎は訝しげな目を向ける。

「さっきもいったように、他人の余計な説明は無用。いい機会だから、お前もその目でしっかり見てこい」

発破をかけるようにいった。

「なるほど、そういうことだな」

麟太郎は何度もうなずいてから、

「それはそれとして、肝心の律ちゃんの行方はどうなんだ。何か情報は出てきたのか」

催促するように比嘉にいった。

「情報は何もない。しかし俺は律ちゃんのことはそれほど心配はしていない。これまでにも律ちゃんがいなくなることは、それこそ何十回もあった。ふらりといなくなり、ふらっと戻ってくる。おそらくはどこかの御嶽にでも行っているか、それとも海や山に分け入って大自然の声を聞いているのか――律ちゃんはユタだから、多分そんなところだと俺は思っているよ」

比嘉は一気にいって、ほんの少し笑った。

「御嶽参りに、大自然の声か――なるほど、確かに一理はある。実をいうと、俺もお前同様、そんな気がしてならなかった。確か今までに律ちゃんが姿を消して、いちばん長かったのは……」

訝しげに比嘉を見ると、

「普通で四、五日。長いときは半月近くというときもあったな。今度はそれよりも長いが、しばらくすれば何でもない顔でふらっとな」

「お前がそういうんなら、そうなんだろう。じゃあ、あまり騒ぎたてずに、もうしばらく静観してみるか」

麟太郎も素直に納得し、この話はここで打ち切りになり、それから二人は食べることに専念した。

座卓の上にあるすべての物を食べ、わずかに残っていたソーキソバの汁を麟太郎が全部飲みほすと、

「汁まで全部飲んでくれるとは嬉しいな。ここのダシは、北海道産の日高昆布をたっぷりと使って、丁寧に手間ひまかけて取った逸品だ。だから、粗末にあつかわれると何となく悔しくなる。ちなみにいえば、沖縄県は日本の昆布の消費量の上位だったことも、けっこうある」

比嘉は嬉しそうにいい、

「じゃあ、そろそろ行くか。お前は明日の午後には飛行機に乗らなければならんという、トンボ返りの身だからな」

勢いよく立ちあがった。

『比嘉総合医院』は東シナ海に面した、名護市にあった。

ここから約六十キロ、車で一時間半ほどの距離だった。

総合医院と銘打ってはいるものの、比嘉の病院も麟太郎のところと同様、大きなものではない。

台風の通り道ともいわれる沖縄なので、外観こそ鉄筋コンクリート二階建ての頑丈なものだったが、規模は麟太郎のところより、やや小さめだった。玄関を入ったところが待合室で、その奥が診察室。看護師も受付を兼ねた二人だけで、そのあたりも『真野浅草診療所』とよく似ていた。

その診察室の奥にある、板敷の居間で麟太郎は美咲の接待を受けていた。

座卓の上には美咲が腕を振るった沖縄料理が、ずらりと並んでいる。

麟太郎の好きなゴーヤチャンプルーを始め、皮つき豚肉のラフテーや島豆腐をチーズ仕立てにした豆腐よう。沖縄風チヂミのヒラヤーチー、塩軟骨のソーキ、それに島ラッキョウや海ぶどう……。

「これは凄いな。みんな、美咲さんが自分で！」

感嘆の声をあげる麟太郎に、

「はい、いちおう自分で」

恥ずかしそうに美咲はいう。

「いや、正直なところ、美咲がこの家にきて俺は大いに助かってるよ。知っての通りの俺は独り身。これまでは実にいいかげんな食事というか、食うや食わずというか。いやあ、本当に有難いことだと思っている」

比嘉は美咲に頭を下げる。

「そんな、おじさん。ここに置いてもらってるんですから、それぐらいのことは当たり前です」

美咲は顔の前で手を何度も振る。

これも、いかにも恥ずかしそうだ。

「お前んところも麻世さんが料理をつくってくれているそうだが、出来具合はどうなんだ。麻世さんの料理の腕は」

訊かれたくないことを訊いてきた。

「麻世は喧嘩の腕は天下一品だが、料理になるとまったく駄目だな。逆にいうと、今夜はいったい食えるものが出てくるかどうか、倅の潤一と二人で、麻世の顔色を窺いながら、ドキドキ、ワクワクしているよ。まあ一言でいえば、真剣勝負のようなものだ」

と麟太郎は正直に現状を口にしてから、

「カレーのにおいが漂ってくると、頼むからカレー焼きそばじゃなく、普通のカレーにしてほしいと願ったり。出来あがったロールキャベツを見て倅が肉とキャベツのごった煮かといって麻世に睨まれたり——そりゃあもう、面白いというか、何というか」

笑い話にして一気に披露した。

「カレー焼きそばでは、なぜ駄目なんだ。そこのところがよくわからないが」

首を捻りながら訊く比嘉に、

「俺はかなり我慢強いほうだが、あれだけはベトベトの麺とカレーの塊で、ちょっと喉の奥に飲みこむのが辛いというか、相当の技術を要するというか」

大きな吐息をもらしていう麟太郎に、比嘉が盛んにうなずきを繰り返す。

とたんに、叫ぶような声が響き渡った。

「何をいってるんですか、二人とも。人には誰にでも、得手不得手というものがあります。その不得手の部分で麻世さんは一生懸命、真野先生たちの食事をつくっているんです。それを笑い物にしてどうするんですか、バチが当たりますよ」

二人の顔を美咲が睨みつけていた。

どうやら本気で怒っているようだ。

「あっこれはどうも、いいすぎたようで。まったく申しわけないというか、何というか。ほら、この通り謝るから……」

麟太郎は驚いた顔丸出しの表情で、急いで美咲に頭を下げる。つづいて比嘉も平身低頭の格好で「悪かった、本当に悪かった」と謝りの言葉を口に出す。

従順そのものの美咲の豹変にも驚いたが、ここでもいちばん幅を利かせているのは比嘉ではなく美咲――まったく自分と麻世の関係と同じ状況に麟太郎は、思わずもれそうになる笑みを必死でこらえる。

「いえ、こちらこそすみませんでした。大人げなく、ちょっといいすぎました。でもあれだけ一生懸命やっている麻世さんを、笑い話にするのは絶対に駄目です。そのことだけは私は許しませんから」

麟太郎はいつのまにかそれまでの胡坐を正座に直し、膝に手を置いて美咲の話を聞いていた。そうしなければいけないような気持に陥っていた。前方をそっと窺うと比嘉も同じように正座をし、膝に手を置いて神妙な顔つきをしていた。

また嬉しさが湧きあがって、笑みがこぼれそうになった。下腹にぐっと力をいれて、何とかそれを押しこめる。

「はいっ、もういいですから足を崩してください。板敷に正座は辛いですから、胡坐でけっこうです」

美咲が教師のような口振りでいい、二人に胡坐をかくのを許した。ちらっと比嘉を見ると、さっと笑みを浮べたので、麟太郎もさっと笑みを返す。そして、二人同時に真顔に戻した。

ここはいい、実にいい。素晴らしい家族だ。と、同時に麻世の顔が脳裏に浮びあがって、うちだって、ここに負けず劣らず——そんな思いがこみ上げ、なぜだかわからなかったが目頭が少し熱くなった。

「麻世さんは、とてもいい子です」

こんな言葉を美咲が最後にいい放って、この件はめでたく落着になった。

麟太郎と比嘉はオリオンビール、美咲はさんぴん茶。飲んで食べて喋って——アルコールを口にしていない素面(しらふ)の美咲が、ふいに島唄を歌い出したりして、宴(うたげ)は楽しさ一色につつまれて過ぎていった。

夜の十時を過ぎたころ、美咲は二階の自室に引きあげ、板敷の居間には麟太郎と比嘉の二人だけになった。いよいよ、あの件を話さなければならない。

「そろそろ、例の話をしなければいけないようだな」

ぽつりと麟太郎がいうと、

「そういうことだな。何事もつつみ隠さず、正直に話してくれると有難い」

比嘉はやけに真摯な面持ちで麟太郎を、じっと見た。

「その前にひとつ訊きたいんだが。お前は身内からハンセン病の患者が出たといっていたが、それはどれくらい前のことで、お前たちの何にあたる人なんだ」

しっかりした口調で訊ねた。

「今からおよそ、七十年ほど前。『愛楽園』ができて十年ほど経ったころだったが――事がおおっぴらになるのを怖れる人間や、強制隔離に馴染めない者も沢山いて、ハンセン病の患者たちは、それぞれの家でひっそりと面倒を見る。まだまだ、そういう時代だった」

比嘉はここで一息つき、

「身内の患者というのは俺の祖父にあたる人で、俺からも律ちゃんからも直系にあたる人だ――この人が三十を過ぎたころ、最初は右手の指の股に小さな腫瘍のようなものができ、軽い気持で医者に行って診てもらったら……それが」

一気に言葉を放った。

「俺たち一族は、現在住んでいる名護の出身じゃない。ヤンバル南部にある小さな集落だった。しかし、そんな病気が出た以上、そこにはなかなか住むことができず、一族はやがて離散。俺と律ちゃんの家族はよく頑張ったほうだったが、それでも結局は離れることになり名護の地へ……他の者は流れ流れてどこへ行ったやら」

苦しそうに比嘉は話した。

「嫌なことを訊いて悪いが、当のハンセン病に罹患したお前の祖父という人は、どうしたんだ。どこかの病院に入ったのか」

いい辛そうに麟太郎は口にした。

「祖父は……」

比嘉が麟太郎を睨みつけるように見た。

「結局は家を出て、どこかに姿を消した。つまりは行方不明ということだ。そういうことだ」

絞り出すような声だった。

「行方不明……」

麟太郎は声をつまらせた。

「『愛楽園』のできる以前、ハンセン病を受けいれてくれる病院などは沖縄にはなかった。そのため金のある者は家に患者専用の離れを造って、そこに閉じこめる処置をとったが、ほとんどの者は貧しすぎて、そんなことはできず、その結果……」

「その結果、どうなったんだ」

麟太郎は思わず身を乗り出した。

「浮浪患者……」

ぽつりといった。

「えっ、何といったんだ」

思わず麟太郎は声を荒げる。

「浮浪患者だ……金もないし、家もない。だからハンセン病の多くの患者たちは、沖縄中を物乞いをして歩き、何とか命をつないできた。悲しいことだが、祖父はそれに倣ったんだと思う」

消え入るような声だった。

「要するに貧困と、偏見か」

大きな吐息を麟太郎はもらした。

「これで大よそ、お前と律ちゃんの立場はわかった。そして、お前が愛楽園に入って、ハンセン病の患者たちの救済にあたったことも理解できた」

麟太郎は胡坐をかいていたのを正座に直し、きちんと膝に両手を置いて、

「申しわけない、辛い話をさせて。本当に申しわけない」

座卓に額がつくほど頭を下げた。

「さて、今度は俺の番だが……」

あの夜、律子との間に何がおきたのか、ぽつりぽつりと麟太郎は話し出した。

麟太郎が浅草の自宅に戻ったのは次の日の夜、七時を過ぎたころだった。

玄関をあけて母屋に行くと麻世と、それになんと潤一がいた。

「じいさん、夕食は」

と麻世が訊いてきた。

「電話でも伝えたように、空港のなかで簡単にすましてきたが……そうか、わざわざつくっておいてくれたのか、麻世は」

鼻をぴくぴくさせると、これはカレーのにおいだ。願わくはカレー焼きそばではなく、カレーライスのほうがいいがと余計なことを頭に浮べながら、

「せっかくの麻世の心づくしだから、食べてみるか。食ったのは、ハンバーガーのセットだけだったからよ」

と声をあげるが、これは嘘である。空港内の和風レストランで、厚手のトンカツ定食を麟太郎はがっつり食べてきていた。

「えっ、食べてくれるのか。そいつは嬉しいな。そうか、じいさんは食い意地が張ってるからな。年寄りのくせに」

そういって麻世は嬉しそうに、台所のなかに入っていった。

「ところで、潤一――」

食卓のイスに腰をおろして、麟太郎はいかつい声を出す。

「お前はなぜ、今日ここにいるんだ。こんな時間に俺が帰ってくるのなら、当然メシは外ですませてくるだろうと、長いつきあいのお前なら想像もつくだろうによ」

じろりと顔を睨んだ。

「いやまあ、それはそうなんだろうけど、やっぱり、沖縄でどんな話をしてきたのか、

美咲さんの問題はどうなったのか……それはやっぱり、息子としては大いに気になることだから。それでまあ……」

上ずった声で慌てていった。

「なるほどな。それはやっぱり、身内としたら、気になるだろうな。お前の気持はよくわかる」

と、大きくうなずいて麟太郎は同意する。が、確かにそれもあるかもしれないが、このつの主な目的は別のところにあるに違いない。おそらくは麻世との時間――麻世と二人きりで話がしたいがために、自分のいない間にここへ。そんなところだろうと思いつつ、麟太郎は極めつけの言葉を出した。

「お前、ひょっとして」

できる限り柔らかな声でいった。

「ひょっとして、昨日の夜もここにきてるんじゃねえか」

麟太郎はここで言葉を切り、

「麻世はもう、うちの身内同然というか、本物の家族のようなものだから。俺がいないときに、二人で美咲さんのことをきちんと話し合っておくのもいいかというような殊勝な思いを抱いてよ……」

意地が悪いとは思ったが、心にもないことを、潤一の顔を見すえて口にした。

「あっ」

と叫ぶような声をあげて潤一は麟太郎の顔から視線をそらし、

「まあ、それはそうだな。実をいえば昨夜も俺はここにきて、麻世ちゃんにその件を切り出してはみたんだが――じいさんにはじいさんの、ちゃんとした考えがあるだろうから、私がとやかくいうことじゃないと一喝されて」

力のない声でこういった。

「ほう、一喝されたのか。なるほどな」

「あっ、もちろんそれだけじゃなく、話のついでに晩メシにありつけるんじゃないかとも、そういう気持も少しはあってさ」

慌ててこうつけ加えた。

おそらく話は逆だ。潤一の本音としたら美咲の件は方便で、麻世と一緒に仲よく夕食を摂りながら、二人きりで日ごろはできない話でもしようというのが主目的だったのだろうが――それが、どんな話なのかはさておいて。

「それで、晩メシは食わせてもらったのか。ちゃんとありついたのか」

肝心な部分を麟太郎は訊いてみる。

「それがその。何といったらいいのか」

潤一は急にしょげ返り、蚊の鳴くような声をあげた。

昨夜潤一が、分別くさい顔をして美咲の話を麻世にして一喝されたあと、

「あの麻世ちゃん。それはそれとして、今夜の夕食は……」

こう恐る恐る切り出してみたところ――。

「私はおじさんの奥さんでも、食事係でもない。私も今、カップラーメンで夕食はすませたところだから、おじさんも何か食べたいのなら、自分でカップラーメンでもつくって、すませるといい」

すぐに一刀両断されたという。

やはりこの二人は相性が悪い。

それも徹底的にだ。こうなってくると、前世では敵同士。そう考えるしか、しようがない。しかし、この二人。このままいくと、どうなってしまうのか。どう贔屓目に見ても、うまくいくとは到底思えない。となると、決して打たれ強いとはいえない潤一は麻世をすっぱり諦めることができるのか。そんな思いが、ふっと麟太郎の胸をよぎる。

何といっても潤一は、大学病院ではモテモテのイケメンで通っている身。そんな甘い環境にいる潤一が手痛く振られたら……いったいどんな状態になるのか。

「俺たちが家族だと思っていても、麻世にしてみたら遠慮しなければという部分もかなりあるだろうし――だからまあ一喝の件は、あの臍曲りにしたらそうするより術はなかったんじゃないかと俺は思うが。だから、お前もあんまり気にしないほうがいい」

いつのまにか麟太郎は、潤一を慰めていた。

「それに晩メシの件にしても、元々あいつは料理が不得手というか、男っぽいというか。そういった面倒なことはやりたくないというのが本音だろうから、そっちのほうもな」

それだけいって麟太郎は、ごほんとひとつ空咳をした。

「そうかなあ……」

麟太郎の言葉に、潤一は宙を見上げて考えているようだったが、

「そうだな、そういうことだよな。俺もそうじゃないかと段々思えてきた」

一人で盛んにうなずいている。

そんな様子を見て、麟太郎は大きな溜息をつく。

振られる経験をほとんどしていない男は、これだから始末に悪い。こと、男と女のあれこれに関しては、自分の都合のいい解釈しかしようとしない。これならいっそ、麻世に振られて大泣きしたほうが、こいつのためにはいいかもしれない……そんな思いが胸の底からじわじわ湧いてきた。

そんなところへ「できたよ」という声が聞こえ、麻世が台所から料理を運んできてテーブルに並べ出した。

カレーライスだった。

ほっとした。すぐ前の潤一を見ると、これも同様の顔をしている。

「うまそうだな、麻世」

思わず賞賛の声をあげると、

「カレーなら、じいさんがもし何かを腹に入れてきたとしても、食べやすいんじゃないかと思ってさ」

さらりといった。

「それはまあ、年寄りにしたら有難い話ではあるな」

素直に礼をいうと、潤一が羨ましそうな顔でこのやりとりを聞いていた。

「じゃあ、カレーを食べてから、沖縄で俺が比嘉に何をどう話してきたのか、それをすべて、明らかにするから、しっかりと聞いてほしい」

そういって麟太郎は、スプーンを取った。

麟太郎が律子を初めて見たのは、場末の小さなスナックだった。

このとき律子は高校を出て二年目、まだ十九歳で初々しい盛りだった。

ちょうど沖縄で学会があった時期で、そのとき麟太郎は比嘉のところに数日間世話になった。その二日目の夜、比嘉がこんなことをいった。

「おい麟太郎、いいところへ連れていってやろう。可愛い子がいるからよ」

そういって連れていかれたのが、名護市の城大通りの裏道にある、お世辞にもきれいとはいえないような『でいご』という名の小さなスナックだった。

なかに入ると沖縄特有の派手な装飾が、まず目に飛びこんできた。席はカウンターだけの細長い造りでテンポのゆるやかな島唄が流れ、このとき客は一人もいなかった。

「いらっしゃい、比嘉先生」

ママらしき四十代後半の化粧の濃い女性が二人を迎えいれ、すぐにオシボリと軟骨ソーキのお通しがカウンターに置かれた。

「よかった、二人もきてもらって。今夜はどういう加減か、お客はさっぱりで溜息ばっかりついてたところ」

ママらしき女性はこういって、ルージュで真赤になった口元を綻ばせた。

「いつもの水割りで、よかったわよね」

といって、泡盛（アワモリ）の瓶を出して手際よく水割りをつくり始め、とんとカウンターに二人分を置いた。

「じゃあまず、乾杯だ」

比嘉はこういって、景気よく麟太郎のグラスに自分のグラスをぶつけた。

互いにひとくち飲んだところで、

「こいつは東京の医大で俺と同期だった、真野麟太郎。たまたまこっちで学会があったので連れてきた」

簡単に麟太郎をママに紹介した。

「まっ、顔はごついけどイイ男。何だかとっても優しそうで食いつきたいかんじ」

大袈裟なことをいって、「よろしくね、麟ちゃん」と、また真赤な口元で笑った。

それから比嘉はママのほうを目顔でさし、

「こちらがこの店のママで、名前は屋名泰子(やなやすこ)女史。見た通りのざっくばらんな性格で、年のほうは確か――」

といってから、しまったという顔をした。

「比嘉先生。女性の年を軽々しくいうもんじゃありません。といっても私は永遠の二十五歳だから、痛くも痒(かゆ)くもないけどね」

泰子は大きなうなずきを繰り返し、

「苦労をしすぎて、こんな老け顔にね。だからお客は私のことを陰で、青春残酷物語といってるわ」

嘘か本当かわからないことを、いかにも嬉しそうにいった。

「そして、こっちが」

と比嘉は出入口に近いカウンターの脇のほうに手を向けた。娘が一人立っていた。

どきっとした。それまで麟太郎は、そこに人がいるのにまったく気づかなかった。店のなかにすっぽりと同化してしまって、この娘は気配をまるで感じさせなかった。

「こいつは比嘉律子。二年前に高校を卒業してから普通の仕事は自分には向かないといって、この怪しげな店に居ついてしまった変り種で、俺の従妹（いとこ）だ」

笑いながら比嘉はいった。

「親戚中の持て余し者の、比嘉律子です。よろしく、おじさん」

律子はぼそっとした声でこういい、ぺこりと頭を下げた。

そのとたん、気配を感じさせなかったこの娘が浮き出して見えた。目立った。不思議だったが目に焼きついた。

着ているものは質素そのもので紺のTシャツに、ざっくりしたかんじの白い木綿のシャツ、それに下は洗いざらしのブルージーンズだ。律子は長袖の綿シャツを無造作に腕まくりしていた。

沖縄でいうジーグルーなのか日焼けのせいなのかはわからなかったが肌の色は浅黒く、やや長めの髪を無造作に後ろにたらしている。顔立ちは整っていたが、化粧気はまったく感じられず、どうやらスッピンのようだ。

いちばん特徴的なのは大きな目だった。何かを探し求めるような強い眼差（まなざ）しで、きらきら輝いていた。そして、浅黒い顔から覗く歯は真白だった。

野性の美少女。

麟太郎の律子に対する第一印象は、この一言だった。強烈だった。

「どうだ、綺麗だろ」

自慢げに比嘉がいった。

「確かに綺麗だ。穿(うが)ったいいかたをすれば、沖縄ならではの美しさだ。本土では見られない、強さを伴う素の美しさだ。しかし、お前にこんな可愛い従妹がいたとはな」

感嘆した口調で麟太郎はいった。

「綺麗なのは店にしたら、有難いんだけどね」

突然、泰子ママが割って入った。

「この子は店をよく休むんだよ。どこへ行くのかわからないけど、四、五日消えてしまうことはざらでね。そんなときは、お客からブーイングの嵐。それさえなければね」

本音らしきことを口にした。すると、

「神様のお告げだから」

今度は明るい声で律子がいった。

「そうだね。律ちゃんはユタだから、仕方がないよね」

やや諦め調の口振りだった。

「ユタ……」

独り言のように麟太郎が呟くと、

「本土(ヤマト)でいうところの巫女さんのようなもんだ。だから小さいころから時折神がかり状態になって、訳のわからないことを口走る」

　苦笑しながらいう比嘉に、

「訳がわからないのは、おじさんたちの修行不足のせい。もう少し、自然のうめきや、ささやきに敏感になったほうがいい」

　困ったもんだという顔を律子はしてから、

「そっちのおじさんが、私のことを誉めてくれたようだったから、そのお礼代りに唄を歌うことにしまあす——ママ、ＣＤ止めてくれる」

　あっけらかんとした口調でいった。

　すぐによく通る声が耳を打った。

　島唄だ。

　律子はのびやかな声で、朗々と、そして時折感情を素直に入れこんで声を響かせた。いい声だった。

　聴く者をいい気分にさせた。

　麟太郎は、ユタと呼ばれる美少女の唄を膝の上に両手を置き、目を閉じて聴きいった。心に響いた。

　唄が終ると同時に自然に両手が動き、麟太郎は盛大な拍手を送った。

「また、おじさんが誉めてくれたようだったから、これからみんなで宴会をすることにしまあす。私はお酒が大好きですから。もちろん、すべて俊郎おじさんの奢りでえす。どっちみち今夜はもう、お客さんはこないはずですから」

　こんなことを宣言して、四人で宴会ということになった。

　律子は酒が好きだというだけあって、強かった。泡盛の水割りをぐいぐい飲んだ。麟太郎も酒は強いほうだったが、律子には敵わない気がした。

　偶然なのだろうが律子のいった通り、それから客は一人もこなかった。

　酔いつぶれた麟太郎の耳に、

「私、おじさんを好きになるかもしれない」

　こんな律子の声が、ぼんやりと聞こえた。

　これが律子との最初の出会いだった。


　それから八年後――。

　五月のゴールデンウィークに、妻の妙子が友達と北海道旅行に出かけるというので、

「じゃあ俺は、南の果てに行ってくるよ」

と麟太郎は久しぶりに沖縄の比嘉の許を訪れた。

　八年前に律子の働く店に行った次の年。今度は九州で学会があり、そのときも沖縄に足を延ばしていたが、それ以来だった。むろん、このときも比嘉に連れられて律子の働

く店に行き、次の日には三人で名護の海にも行った。

久しぶりの訪問に、大喜びで比嘉は麟太郎を迎えた。

「じゃあ、律ちゃんの店に行こう。きっとびっくりするぞ」

こういって、夜になると早速麟太郎を『でいご』に連れ出した。

懐しい店だった。派手な化粧の泰子ママがいて、そしてやっぱり隅のほうに律子の姿があった。

「あっ、麟太郎！」

なぜか律子は麟太郎を呼びすてにして、素直に驚いた表情を見せた。が、驚いたのは麟太郎も同様だった。そこにはもう、あの美少女の律子の姿はなかった。

律子は大人の女になっていた。

成熟した女の美しさを持っていた。

肌の色は以前と同じで浅黒く、化粧気もまったく見られないスッピンだったが、律子は際立った美しさを見せていた。一言でいえば、いい女——麟太郎は唾を飲みこんだ。

「久しぶりだね、麟太郎、七年ぶりだよ。これでは薄情がすぎるんじゃないの。私はいつくるか、いつくるかって首を長くして待っていたのに」

嘘か本当かわからないことを、律子はこれも呼びすてでいった。

「あっ、いや。沖縄はやっぱり遠いから、そう頻繁にはくることはできないから」

上ずった声でいうと、

「どうだ麟太郎、律ちゃんは大人の美女になっただろう」

比嘉が得意げに胸を張っていった。

「いや、確かに驚いた。美少女が正真正銘の大人の美女になっていた。色っぽくなって唸りが出た」

素直に気持を口に出すと、

「唸れ、唸れ」

と囃し立てるように律子がいった。

「ねえ、唸れ唸れはいいんだけど、私のほうはどうなのよ。久しぶりに会った感想をちゃんといってよ」

泰子ママが催促じみた言葉を出した。

「泰子ママはもちろん、永遠の二十五歳。青春残酷物語に変りはないな」

当時を思い出して笑いながらいうと、

「あっ、そう」

何を期待していたのか、泰子はわかりやすくしょげた。

「それにしても」

と麟太郎は奇異な目を律子に向ける。

「容姿は変っても、服装は昔とまったく同じだな」

そうなのだ。紺のTシャツに、ざっくりした白い木綿のシャツ、下は洗いざらしのブルージーンズだった。長袖のシャツを腕まくりしている格好も七年前と同じだった。

「あれやこれや、変った物を身につけるのも面倒臭いからね。だから着る物はいつも同じ。これがいちばん気楽でいいから」

腰に手を当てて、律子は笑った。

何となく神々しく見えた。

それからは酒盛りになったが、今夜は他の客もきていて最初のときのように貸切り状態というわけにはいかなかった。

それでも律子は島唄を朗々と歌い、泡盛の水割りを何杯もお代りした。

「あのなあ、麟太郎。申しわけないんだけど、実は俺……」

と、しばらくして、いかにもすまなそうに比嘉が口を開いた。

「同じ医者仲間の友達なんだが、那覇で開業しているそいつの奥さんが蜘蛛膜下出血で急に亡くなって、明日はその葬儀ということになったんだ。ことによると泊りということも考えられて、お前につきあうことがな」

いいづらそうに口にした。

「そいつは大変だな。いいよ俺は。どこかで時間をつぶしてくるから。子供じゃないいんだから、心配することはねえよ」

小さくうなずいて返事をすると、

「殿、心配御無用。私（わたくし）めにおまかせを」

カウンターの向こうから、時代劇調の声がかかった。律子だ。

「私が麟太郎を、あちこち連れ回してやるから心配することはないわよ。麟太郎だって、ムサいおじさんより、若くてぴかぴかの私のほうが一緒にいても張りが出るだろうし」

相当な量の酒を飲んでいるはずだが、きっぱりした調子で律子はいった。

「律ちゃんが面倒を見てくれるのか。そいつは有難いな。じゃあ、律ちゃんに甘えてみるか。しかし、麟太郎が何というかだが」

比嘉は麟太郎の顔を窺うように見る。

「そりゃあ俺だってムサいお前より、綺麗な律ちゃんのほうが嬉しい限りだ」

少しにやけていってやる。

「でも律ちゃん。こんな中年野郎と一緒で、本当に退屈しないのか。無理をしてるんじゃないだろうな」

心配そうな声をあげる比嘉に、

「無理はしてない。何たって、私の相手は毎日毎日、おじさんたちばかりだから、慣れてる。もちろん、そのなかには俊郎おじさんも入ってることをお忘れなく」

律子は、ぴしゃりとした調子でいった。

「そうか。じゃあ、まあ、頼むとするか」

比嘉は律子に頭を下げる。

「きまり。なら明日の朝十時頃、医院のほうへ迎えに行くから」

律子が叫ぶようにいって、明日は二人で一緒に出かけることになった。

カウンターに並ぶ客たちの顔をちらっと見ると、みんな羨ましそうな顔をしているのがわかった。


そして次の日の十時頃。

約束通り律子は医院にやってきた。

律子は自転車に跨（またが）っていた。

荷台にはリュックサックがふたつ、くくりつけられていた。

「行くよ、麟太郎」

玄関で待っていた麟太郎に、律子は大きな声をあげる。

「行くって、どこへ」

怪訝な面持ちで訊く麟太郎に、

「大自然の声を聞くために、そして神様の姿を垣間見（かいまみ）るために、神聖な御嶽まで」

怒鳴るように律子はいった。

沖縄でいう御嶽とは、確か神様が降臨する場所……と麟太郎が、あれこれ考えを巡らせていると、

「ほら、さっさと自転車を持ってきて……裏の物置の横にあるはずだから」

勝手知ったる他人の家とばかりに、律子は麟太郎に指示する。

いわれた通り、麟太郎は自転車を引いてきて律子の前に行き、声をあげる。

「その御嶽というのは、いったいどこにあるんだ」

「ヤンバル――今は廃村になっているけど、昔私たちが住んでいた所。その近くにあるから。そこで神様が降りてくるのを、ひたすら待つの」

ヤンバルとは沖縄の北部に広がる山岳地域の通称で、地域の様子をよく知っている者しか踏みこむことのできない、原始の様相をそのまま残した密林地帯だった。

荷台のリュックサックのひとつを麟太郎の自転車に手際よく、くくりつけ、

「じゃあ、出発」

こう叫んで走り始める律子の格好は、やっぱり白い木綿のシャツに洗いざらしのブルージーンズだった。

自転車をこぎつづけて約二時間、麟太郎と律子は、かつて比嘉たちが住んでいたという今は廃村になった集落にたどり着いた。

崩れ残った十数軒の藁屋根の民家が、ひっそりと立っていた。

周りは雑草が生い茂り、なかには背丈ほど伸びきったものもあって、長年にわたって人が踏みこんだ様子がないことを如実に物語っていた。何もかもが朽ち枯れていた。だが汚れは感じられなかった。においもなかった。すべてがきちんと、枠のなかに納まっている。そんな気がした。

「ここで、弁当にしよう」

律子はそういって、自転車の荷台からリュックを外し、麟太郎にも降ろすように命じた。けっこう重いリュックだった。

律子は自分のリュックのなかから水筒二本と紙包みをふたつ取り出し、それぞれひとつを麟太郎に渡した。紙包みを開いてみると中身は握り飯と漬物だった。

麟太郎と律子は崩れた家屋の軒先に腰をおろし、水筒の水を貪り飲んだ。麟太郎も律子も汗まみれで喉はカラカラだった。

隣に座って水を飲んでいる律子の横顔を麟太郎は、ちらっと窺い見る。汗に濡れた浅黒くて細い喉が生き物のように動いていた。

妙に色っぽく見えた。

気配を感じたのか、律子が麟太郎を見た。

目がまともに合った。

どぎまぎする麟太郎に、ふわっと律子は笑っただけで何もいわなかった。それから二人は黙々と弁当を食べた。

「これは律ちゃんが、つくったのか」

頬張りながら麟太郎がいうと、

「そう、まずい？」

妙な訊き方をしてきた。

「いや、充分にうまいよ。塩加減が最高で絶品だと思うよ」

正直な気持だった。握り飯はうまかった。

「お腹が空いてるから」

ぼそっと律子はいう。

「そればっかりじゃないさ。律ちゃんがつくった握り飯だから……だから、余計にうまいのかもしれない」

いってから、麟太郎は少し後悔した。いや恥ずかしかったというほうが正解かもしれない。何だか、少年のころに戻ったような気持だった。

「うふっ」と律子が笑った。

笑いの意味がよくわからず、麟太郎はとまどった。

「なぜ、笑ったんだ」

ぶっきらぼうな口調で訊いた。

「今、神様が二人の頭の上を通りすぎたから。うふっと笑いながら、楽しそうに足早に。だからね」

訳のわからないことをいった。

やっぱり、この娘はユタ……そう思うのがいちばん無難なような気がした。

「御嶽というのは、この近くなのか」

気になったことを訊いてみると、

「ここから山道を歩いて一時間ほど。まだまだかかるから、頑張ってよ麟太郎」

何でもないことのように、律子はいった。

「えっ、まだ一時間もかかるのか」

驚いた声をあげる麟太郎に、

「そう。何たってジャングルのような山道だから、そう簡単には歩けない。昔は細い道がちゃんとつくってあったんだけど、村がなくなってからは手入れをする人が誰もいなくなってしまって。それでね」

噛んで含めるように律子はいう。

「今日中に、ちゃんと帰ることはできるんだろうか」

思わず早口になって訊いてみると、

「御嶽のそばには御願所といって小さな小屋があるから。いざとなったら、そこに泊れば何とでもなるわ」

これも、何でもない調子で律子はいった。

律子と一緒に小屋で泊る……。

麟太郎の胸が、ざわっと騒いだ。

いざとなったらと律子はいった。

麟太郎は、ゆっくりと空を仰いだ。

昼前は晴れていた空が曇っていた。

もし雨が降ってきたら。

体が震えるのを麟太郎は、わずかに感じた……。

麟太郎は潤一と麻世にここまで話をして、ふいに言葉を切った。

ゆっくりと二人の顔を見た。

「何だよ親父。そんなところで話すのをやめて。それからどんな展開になったのか。はっきりしろよ」

先をつづけるように潤一が促した。

麻世は無言で麟太郎の顔を見ている。

「そうだな。話さないといけねえな。しかし、一息入れさせてくれ」

麟太郎は掠れた声を出し、

「微妙なんだ、極めて微妙なんだ」

と、ぼそりといった。

第四章　事実は藪のなか

久しぶりに『田園』に行くと、客はまあまあ入っていた。

幸いというか何というか、風鈴屋の徳三の顔も今夜は見当たらないようだ。ほっと吐息をもらすと、すぐに夏希がやってきてべたっと体をくっつけた。

「お帰りなさい、大先生」

気になることを口にした。

嫌な予感がして、夏希の顔を凝視するように見ると、

「あらっ、旅行カバンを手にして、どこか遠くへ行ってきたんでしょ。いったいどこへ行ってきたんですか」

見てきたようなことを耳元でいうが、おそらく町内の誰かが旅行仕度で家を出ていく麟太郎の姿を見て、それが噂となってこの界隈に広がり、夏希の耳に……。

「遠くったって、俺は土日の二日間、家を空けただけで、そんなに遠くへは……」

ぼそぼそと独り言のように、麟太郎は口に出す。

「今の世の中、二日もあれば、どこへでも行ってこられるんじゃないですか。北海道だろうが沖縄だろうが」

また、どきっとするようなことを夏希は口にした。

「そんな、北海道や沖縄なんぞ、俺はそんなところへは」

慌てて麟太郎が声をあげると、

「あらっ、大先生、とぼけるんですか。何だか怪しい、すごく怪しい。となると、やっぱりあの件ですね。旅行の目的は」

くっつけた体の脇腹を、夏希は肘でどんと突いた。けっこう強い力だ。

「あの件って、何だよ」

これも慌てて声を出すと、

「あの件は、あの件。大先生の隠し子の件ですよ。ああ、憎らしい」

言葉とは裏腹に、夏希の口調はけっこう楽しそうに麟太郎には聞こえる。

「そんなことは、俺は――」

といったとたん、

「私の推測では、沖縄――大先生、例の件で沖縄に行ってきたんでしょ」

勝ち誇ったような声を夏希はあげた。

「えっ……」

唖然とした。何を根拠に沖縄という具体的な地名が出てきたのか。当然のことに麟太郎には見当もつかない。困惑の表情を浮べていると、べたっとくっついていた夏希がさっと体を離した。入口のほうへ駆けるようにして向かった。

「いらっしゃい、親方。毎度ありがとうございます」

嬉しさ一杯のこんな声が後ろから聞こえ、振り向いてみると店に入ってきたのは風鈴屋の徳三だった。

「さあさあ、親方こっちのほうへ。ちょうど大先生もいらしたところですから、お二人で奥のお席へ」

夏希はいそいそと麟太郎と徳三を奥の席へ案内した。

「お二人とも、ビールでよかったんですね」

こういってから夏希はすぐにカウンターに戻り、ビールやお通し、それにオシボリをトレイにのせて戻ってきた。

「さあ、まずは親方から、一杯どうぞ」

と一緒の席に腰をおろした夏希は、徳三のコップにビールを満たした。それから麟太郎のほうにちらっと目をやり、

「年長者ですから、親方は。だから大先生、ひがまないでね」

にこっと笑ったが、何となく口元が引きつっているようにも……麟太郎にしたら酌の

順番などどうでもいいことで、そんなことより夏希がそれに対してわざわざ弁解を入れてくることのほうが気になった。

とりあえず、三人でまず乾杯をする。

徳三はそれを一気にあける。

にまっと笑ってから「おい、大先生」と声を張りあげた。

「おめえ、例の隠し子の件で沖縄まで行ってきたんだってな」

驚いた。夏希は推測だと前置きをしたが、徳三はそのものずばり、沖縄といった。訳がわからなかった。行き先を知っているのは潤一と麻世、それに八重子ぐらいのもので、この三人から情報がもれるとは考えられない。いくらここが下町だといっても、いったい何がどうなっているのか……。

「親方……」

麟太郎は空咳をひとつして、

「いってえ、その沖縄という場所は、誰からの情報なんでしょうかね」

恐る恐る訊いた。

「正確な噂話だよ」

正確な噂話というのも妙な表現だが、徳三はこういってから指先で白髪頭を叩いた。

「最初に、おめえのところに訪ねてきたときの娘さんの顔形――これは遠目でよくわからなかったらしいが、ここにきて、すぐ近くでその娘さんの顔をじっくり見たという人間が現れてな」

嫌な予感がした。

「米子婆さんだよ。その米子さんから、美人だったがちょっと変った顔立ちをした娘さんだったという話をあれこれ聞いて、そりゃあ沖縄美人に違いねえと、俺がずばっと結論を出した」

そういうことなのだ、やっぱり。米子なら元子と違って、みんなにいいふらすことなどは……と考えていた自分が甘かったと麟太郎は思う。

「へえっ、私は又聞きだったんだけど、沖縄って地名は親方が最初にいい出したんだ。親方って凄い、頭よすぎ」

とたんに夏希が感嘆の声をあげ、小さく手を叩いた……どうも今夜の夏希は、ちょっと変だ。

「どうだ、麟太郎、図星だろ」

夏希の言葉に気をよくしたのか、徳三が得意満面の顔でいった。

「そりゃあ、まあ。俺が沖縄に行ってきたのは確かなことなんだが、それは親方がいうような――」

といったところで、夏希の甲高い声に言葉が遮られた。

「親方、本当に凄い。ちゃんと正解だったんだ。それだけで私、親方のこと尊敬して好きになりそう」

そんなことで夏希が好きになるはずがない。それでも徳三は嬉しそうに、

「俺は新制中学では、優等生だった」

古風ないいかたで、嘘か本当かわからないことを口にした。

「新制中学なあ……」

思わず独り言のように麟太郎がいうと、

「おまけに俺は、シャーロック・ホームズの大ファンでよ」

顔に似合わないことをいい出した。

「コナン・ドイル風にいえば、推理という名の学問だよ、これはよ。なあ、そうじゃねえか、ワトソン君」

およそ下町男らしからぬ、気障な言葉を口にして夏希をちらっと見た。すぐに夏希が応えてふわっと笑う。

これは駄目だ。徳三はしっかり夏希に取りこまれてしまっている。老いらくの恋だ。こうなったらもう、どうしようもない――そんなことを考えていると、

「ママ、お願い」

カウンターのほうから理香子の声がした。

新しい客の到来だ。

「じゃあ、すみません。私はちょっと——親方、またね」

夏希は徳三に小さく手を振って、その場を離れていった。

「どうだ、麟太郎」

夏希の後ろ姿に目をやっていた徳三が視線を麟太郎に移して、得意げにいう。しかし麟太郎には、何が徳三のいう、どうだという言葉に繋がってくるのか、よくわからない。徳三に対する夏希の愛想のよさは、客商売の社交辞令のようなもので珍しくはない。いささか過剰であるのは認めるものの。

「この件も、俺の勝ちだな」

徳三がにまっと笑った。

自信一杯の表情だ。

「実はな、大先生」

声を落して徳三が顔を近づけた。

「昨日の日曜日。夏希ママは俺の家に遊びにきた」

びっくりするようなことを口にした。

昨日の昼過ぎのことだという。

「ごめんください」

という声に、徳三が奥からのっそりと出てくると、玄関の格子戸の前に女性が一人立っているのがわかった。はてと思いつつ、戸を開けると、徳三好みの黒い羽織を小粋に着こなした夏希が立っていた。

「ちょいとこの辺りを通りかかったもんで、それなら親方の仕事場でも見学させていただこうかと顔を見せたんですが、もしご迷惑であれば——」

手みやげの『虎屋』の羊羹（ようかん）を差し出してこんなことをいう夏希に、

「迷惑だなんて、とんでもねえ。さあさあ、汚ねえところではございやすが、どうぞ上にあがっておくんなさい」

徳三は羊羹を有難く受けとり、上ずった声で夏希を迎え入れて仕事場に案内した。

夏希は千度以上にもなるという電気炉の様子や、溶けたガラスの塊を膨らませる共棹（ともざお）などをざっと見て、

「さすがに歴史のある、江戸風鈴。粋な職人のにおいが、ぷんぷんしますねえ」

と、口にして徳三を喜ばせた。

それから周囲をぐるりと見回し、

「今日は、お弟子さんは」

真面目な顔で訊いてきた。

「高史の野郎は通いですから、今日は休みだし、今頃はまだアパートで寝てるんじゃないですかね」

とたんに夏希の顔が綻んだ。

「それなら、ついでといっちゃあ何ですけど、職人さんの住まいというのも見せてもらおうかしら」

そういって夏希は、徳三の家の隅から隅まで見て回ったという。そして、

「古いけど、随分大きな家で立派なお庭。こんなゆったりしたところで、余生を過ごすことができたら幸せでしょうねえ」

こんなことをいったという。

「どうだ、麟太郎、参ったか。うんともすんともいえねえだろうが」

話し終えた徳三は、たたみかけるようにいって、また満面に笑みを浮べた。

確かに麟太郎は何もいえなかった。

まさか夏希が、わざわざ徳三の家に下見にいくとは。

ということは、夏希は徳三との結婚を本気で考え出した、ともいえる。しかし、あの夏希が徳三と——だが、あの夏希だからこそ、そんなことをとも。色恋抜きの欲との二人連れ。夏希ならやりかねないことだった。今夜夏希の様子が変だった理由が、何とな

くわかった気がした。

「だけど親方、夏希ママは――」

と麟太郎がようやく声を出すと、

「みなまでいうな、そこまでだ。俺もそれほどの莫迦じゃねえから、おめえのいいてえことはよくわかる。けど、それをいっちまったら、野暮にならあな。何もかも承知の上で首を縦に振る。それが俺っち、江戸っ子の心意気ってえもんだ。そうだろ、大先生」

立て板に水の調子で徳三はいった。

「なあに、情なんてもんは、あとから駆け足でついてくらあな。何たって夏希ママは潔いからよ」

上機嫌でこうつけ加える徳三に、確かに夏希はある種の潔さは持っている。だが、それは……その夏希の情があとから本当についてくるものなんだろうかと、麟太郎は胸の奥で首を傾げる。

そのとき誰かが脇に立った。

「真剣な顔して、二人でいったい何の話ですか」

当の夏希だ。笑っている。

「いや何、この野郎が沖縄でいってえ誰に会ってきたか、なかなか喋らねえもんでよ。それですったもんだをよ」

とっさに徳三がこんなことをいった。

「あらっ、秘密主義。ここまできたら、もう何もかも吐いちゃったら、大先生」

すとんと腰をおろした夏希が、面白そうにいう。

そんな夏希の言葉に促されたような格好で、

「大学病院時代の俺の友達だよ。インターンを終えたそいつは故里である沖縄に戻り、ハンセン病の施設で患者の治療に専念したという、医者の鑑のような立派な男だよ」

一気に麟太郎はいった。

「へえっ、医者の鑑なのか。それで、そのハンセン病ってのは、いってえどんな病気なんでえ」

首を傾げて徳三が訊いてきた。

すぐに麟太郎が症状などの説明をざっとすると、徳三の顔に緊張と怯えのようなものが走るのがわかった。夏希のほうはこの説明を聞いてもぴんとこない様子だ。

「そいつは、おめえ……そんな病気に専念した医者と会ってきて、大丈夫なのか。うつらねえのか。何といっても難病だろう、怖い病気だろ」

恐る恐る、徳三がいった。

「うつらねえよ。ハンセン病は極めて弱い感染症で、そう簡単には羅患しねえよ。それに今現在、日本のハンセン病の罹患率は極めてわずかだ――」

麟太郎は大きく息を吸いこんで、後をつづけた。

「風評、伝聞の類いで、ものをいっちゃあいけねえよ、親方。そういった迷信虚構の類いがとんでもない差別を生んで、罪もない人の悲劇を招くことになるんだからよ」

いいながら何だか腹が立ってきた。

シャーロック・ホームズの名前を出して威張っていた徳三でさえこの程度の知識で、夏希に至っては説明を聞いてもよくわからない様子なのだ。

「悪かったな、麟太郎……わけのわからねえ、大人げねえことをいってよ」

徳三はすぐに頭を下げた。つられたように、夏希も素直に頭を下げてきた。

「いいよ、わかってくれればよ」

麟太郎は小さく二人にうなずき、

「じゃあ、飲むか。世界中のすべての生きとし生ける者が、幸せになれることをみんなで祈ってよ」

コップをかざすが、それほど飲んでもいないのに麟太郎は、段々自分が何をいっているのかわからなくなってきた。

家に戻ると、十一時を少し回っていた。

台所に行って水をコップに一杯飲み、居間に戻ってソファーに、どかっと座りこむ。

あのあと、ビールから焼酎のホッピー割りに変えて、徳三と二人で相当飲んでいるはずだったが妙に酔いのほうは回ってこず、神経のほうは冴(さ)えていた。

原因は明白だ。

むろん、夏希と徳三のことではない。

あれは三日麻疹(みっかはしか)のようなもので、しばらくすればけろっと治って「あら私、そんなこといいました？」と笑い話にしてしまうのがオチだと麟太郎は思っている……。

麟太郎の胸にわだかまっているのは、先夜潤一と麻世に話をした、美咲の母親の律子と二人で御嶽(ウタキ)に行ったときの件だ。

あれから——律子と麟太郎は、それぞれのリュックを背にして廃村になった集落を出発し、御嶽に向かった。

かつてはあったという山道も、人の手が入らなくなって、ないも同然の自然そのものの姿に戻っていた。

その道なき道を蔦(つた)や木の枝をかきわけながら、のろのろと亀のように進んだ。鼻にうるさいほど植物のにおいが濃く、そして密集している。

歩くだけで重労働だった。蔦などを切る刃物があれば少しは楽なのだろうが、あいにくそんな物はリュックには入っていない。

それにしても、麟太郎のリュックはやたら重かった。いったい何が入っているのか律

子に訊くと、

「古酒――」

という言葉が返ってきた。

クースというのは泡盛を三年以上寝かせたもので、普通の酒に較べて芳醇さとコクは段違いに秀でているという。そして、その持ってきたクースは甕に入っているというから、重いのは当たり前だった。

「なんで、酒なんかを？」

とちょっと不平たらしく訊くと、

「もちろん、神様に供えるためと、そのあとに私たちが飲むためよ」

あっけらかんと律子は答えた。

歩き始めて一時間ほどが経ったころ、雨が降ってきた。しばらく進むと「麟太郎っ」と律子が声をあげた。

「この雨のなか、道のない密林を進むのは危険すぎる。どうやら神様が怒ってるみたい。それとも浄めの雨かもしれないけど。いずれにしても、これ以上はもう無理。残念だけど、村まで戻ろう」

正直いって、麟太郎は律子のこの言葉を待っていた。それに雨が降っていなくても、この樹木が密集しているなかを、時間通りに目的地にたどりつくのは無理な気がした。

「了解――」

と麟太郎は大声で叫び、二人は村に向かって帰りを急いだ。

十五分ほど歩くと雨はどしゃ降りになり、二人はずぶ濡れになって歩きつづけた。沖縄とはいえ、かなり冷たい雨だった。

集落に着いたころは、日がとっぷりと暮れていた。

律子は村のなかの比較的崩れていない家を見つけ、そのなかに麟太郎を誘った。

十畳ほどの板敷のその部屋は埃もそれほどつもっておらず、律子と麟太郎はそこにへたりこむように座りこんだ。

「ごめん、私の計算ミス。道があんなに荒れ放題になっているとは思わなかった。そんな、ほったらかしにした神聖な御嶽への道へ、のこのこと入りこんだ私たちに神様が罰を与えたのかもしれない」

仏頂面で律子はいって、ぶるっと体を震わせた。

無理もなかった。律子も麟太郎も、ずぶ濡れ状態だった。律子はリュックのなかを探り、バスタオルを二枚つかみ出し、一枚を麟太郎に放ってよこした。

そして「着替えよ」といった。

「着替えるって、律ちゃんは着替えを持ってきたのか」

怪訝な面持ちで声をあげると、

「もちろん。といっても神様と正式に話をするときにつける、衣のようなものだけどね」

律子はリュックの奥のほうから、真白な布の塊を取り出した。どうやら二人分持ってきたらしい。

「よかった。濡れてないみたい」

そういって一人分を今度は放らずに、自分の手から麟太郎に直接渡した。

「なら、先に着替えるから」

律子はそういって麟太郎に背中を向け、いつも着ている白い綿のシャツをさっさと脱ぎ始めた。

正直いって驚いた。まさか自分のすぐ前で律子が着替えを始めるとは夢にも思っていなかった。

「あっ、それなら俺は、どこかへ」

と周りを見回す麟太郎に、

「別にいいわよ。日も暮れて暗くなってるし、第一、見られても減るもんじゃないし。そんなに慌てることなんかないわよ」

律子は背中を向けたまま何でもない口調でいい、今度は無造作な手つきでジーンズを脱ぎ始めた。

下着一枚の律子がそこにはいた。

そして律子は、その下着もあっさり取りさった。

薄暗い板敷の上に全裸の律子がいた。

伸びやかな背中と、くっきりとした尻の割れ目、長い肢が美しく、後ろで揺れる黒い髪が鮮やかだった。

律子は少し屈んでバスタオルをとり、体のあちこちを拭き始めた。体が動くたびに、微妙に尻の割れ目が歪み、息をのむような陰影を見せた。

不謹慎だったが目が離せなかった。

心臓が早鐘を打つように鳴り響いた。

「麟太郎っ」

と律子が前を向いたまま声をあげた。

「いつまでも私の裸を見てないで、あなたもさっさと着替えたら。風邪ひくよ」

まるで麟太郎の様子が見えているような口振りだった。

「あっ、あっ、そうだな」

慌てて麟太郎は立ちあがり、律子に背中を向けて衣服を急いで脱ぎすてた。

バスタオルで濡れている体を拭き、真白な上下の衣裳を身につけた。下穿きは膝下あたりまでで、上衣はゆったりとした長羽織風。右腰のあたりで、左右を紐で結ぶようになっていた。

　さすがにさっぱりとした感触で、気分も落ちついた。そんな気持で後ろを振り返ると律子の姿がなかった。濡れた衣服がないところを見ると、どこかに干しに行ったようだ。

　少しすると入口に律子が姿を見せた。

　薄暗いなかで白い衣裳をまとった律子は、本土の巫女を連想させた。やっぱり律子はユタなのだ。

「麟太郎。あなたも濡れた衣服をしっかり絞って、どこかに干してきたら」

　律子の言葉に麟太郎は着ていた衣服を持って部屋の外に出る。土間でしっかり絞って、立てかけてあった破れ障子にそれを引っかけて部屋に戻ると、律子が板敷に広げたシートの上に夕食用に持ってきたらしい握り飯と漬物を並べていた。

「ラップで包んでおいたから、濡れずにすんで助かった」

　笑いながら口にして、麟太郎のリュックのなかから一升徳利ほどの甕を取り出してシートの上にとんと置いた。これが古酒だ。年代物の。

「一息いれたら、宴会だからね」

　嬉しそうに律子はいった。

　雨はまだ降りつづいている。

　ランタン風の懐中電灯が板敷の上にひとつ。

その灯りのなかで握り飯を食べ、漬物をかじり、そして古酒を飲んだ。豪快な茶碗酒だ。

酒は体の隅々にまで染みわたるほど芳醇だったが、かなり強かった。

律子はその酒をぐいぐい飲んだ。

つられて麟太郎も次々に飲んだ。

いったい、どれほど飲んだのか。

心地よい酔いが全身をつつみこんでいた。

開け放した窓を見ると雨はやんでおり、青白い光が辺りを満たしていた。月だ。月が出ているのだ。

ほっとした思いで律子を見ると様子が変だった。息が荒かった。体が小刻みに揺れているようにも見える。

「どうした、律ちゃん。酔っぱらったのか」

何気なく声をかけると、

「寒い……」

いつもの律子とはまったく違う、かすかな掠れ声でいった。

「寒いって、それは」

急いで律子の前に躙りよると全身が震えているのがはっきりわかった。額に手を当ててみると熱かった。慌てて脈をとると、これもかなり速かった。

　雨にあたったせいで風邪……そうとしか考えられなかったが、へたをすれば肺炎を併発して取り返しのつかないことにも。

「おい、律ちゃん」

　耳元で呼びかけてみると、いきなりしがみついてきた。体中が震えていた。

「寒い、寒い……」

　律子の髪のにおいが、麟太郎の鼻腔(びこう)一杯に広がった。柔らかな乳房の膨らみをすぐそばで感じた。

　目の下に律子の顔があった。

　窓から差しこむ月の光を受けて、途方もなく綺麗に見えた。目と目があった。律子の唇が動いて、何かを喋った。

　よく聞こえなかったが、麟太郎にはそれが「抱いて……」といったように感じた。

　思いきり、律子の体を抱きしめた。

　柔らかな体だった。

　薄物一枚下には裸の律子がいた。

　麟太郎は律子の唇に、自分の唇を押しつけた。熱い唇だった。そっと唇を離すと、律子が麟太郎を見ていた。熱い体だったが、目は澄んでいた……麟太郎は律子と抱きあったまま、板敷の上に倒れこんだ。

　そのとき、麟太郎の意識が、ぐらりと揺れた。急激な酔い……何かはわからなかったが、そこで麟太郎の記憶は途切れた。

　このあと、何がおこったのか麟太郎にはまったく覚えがなかった。

　気がつくと明るかった。

　強烈な陽の光が辺りをつつんでいた。

　麟太郎は部屋の真中で大の字になって寝ており、頭の下には律子が置いたらしい枕代りのリュックがあった。

「麟太郎、遅い」

　誰かが怒鳴った。律子の声だ。慌てて飛びおきると窓の前に律子が立っていて、呆れたような目で麟太郎を見ていた。

「もう、十時を過ぎてるわよ」

　はっきりした口調で律子はいった。

「あっ、律ちゃん、熱のほうは」

　声を張りあげると、

「下がったみたい。ごめん、昨夜は何だか迷惑をかけたようで――私はまだまだ若いらしくて、治るのも早いみたい」

屈託のない声でいった。

「それより早く身支度をして。そろそろここを出発しないと」

急かせるようにいう律子は、白い木綿のシャツにブルージーンズ。いつもの格好だ。

「もう乾いたのか」

驚いた声をあげると、

「さすがに、ジーンズのほうはまだ湿ってるけどね」

小さく頭を振った。

それから急いで身支度をして、麟太郎と律子は自転車に跨る。

出発する前に、麟太郎は思いきって律子にこう訊いてみた。

「昨日の夜、俺は律ちゃんに何か変なことしたかな」

律子が麟太郎の顔を真直ぐ見た。

「麟太郎は私に変なことした、覚えがあるの？」

「キスをした覚えはあるけど……それ以上は、よくわからない。酔っぱらっていたし、律ちゃんは熱を出していたし。正直なところ、何がどうなったのか、まったくわからない。申しわけないけど」

情けない顔を律子に向けた。

「それならそれで、いいんじゃない。何があろうが、なかろうが。何事もすべて神様の思し召し」

律子は小さくうなずいて、

「じゃあ、行くよ」

思いきり、ペダルを踏みこんだ。

これが、あの夜のすべてだった——。


「確かに親父のいう通り、微妙すぎる話ではあるよな」

話を聞き終えた潤一が、ぽつりと声を出した。

「そしてそれを質した親父に、律子さんは何事も神様の思し召しといって、否定も肯定もしなかった。これも変だよな。大いに変だよな。ひょっとして——」

といって潤一はちょっと言葉を切り、

「一連の出来事のすべては、律子さんていう人が仕組んだことじゃないのか」

妙なことをいい出した。

「だって、その律子さんが高校を出て二年目の十九歳のとき。私、おじさんを好きになるかもしれないって、親父にいったんだろ。だからさ」

「確かに酔ってはいたが、その言葉だけは、はっきり聞いた。これは間違いのない事実だ。だからといって、あの律ちゃんが、そんな手のこんだ芝居じみたことをするなどとは俺には到底……」

首を何度も振る麟太郎に、

「それは親父が、ロマンチストだからだよ。女性というのは時として、どんな酷いことも、どんな汚いこともやってのける性のようなものを――」

といってから、潤一は慌てて口をつぐんだ。

どうやらここに麻世が同席していることを、すっかり忘れていたようだ。麻世のほうを窺うと、底光りのする目で、じっと潤一を凝視している。

「あっ、いや、麻世ちゃんに限ってそんなことをするはずがないということは、俺がいちばんよく知ってるから。そこのところを誤解してもらうと困るというか」

しどろもどろで潤一はいった。

「私に限っていえば、おじさんのいったことをやる可能性は充分にあると思うけど」

投げつけるようにいう麻世に、

「あっ、まあ、その話はまた今度ということで――そんなことより、オフクロというものがいながら、親父はそんな若い子を相手に、よくもまあ」

話をがらりと変えて、麟太郎のいちばん痛いところをついてきた。

「それはまったく、その通りだ。妙子に対しては本当にすまないと、俺は今でもそう思っている。本当に申しわけない」

誰にというのでもなく、麟太郎は深々と頭を下げた。

「いやまあ、親父がそう思ってるのなら。オフクロも多分、許してくれるだろうとは俺も思うけどな」

ちらりと麻世を見るが、むろん何もいう素振りは見えない。そこのところはいくら潤一とはいえ、計算済みのようではある。

「しかし、わからないことを、いつまでもぐだぐだいっててもしようがない。事実が知りたければ、ここはすぱっとDNA鑑定をやれば、すぐに解決できることで、それがまた正しい医学者の取るべき道でもあると俺は思うよ」

とうとう出た——DNA鑑定。

確かにこれをやれば、ほぼ百パーセント親子関係があるかないかはわかる。しかし、なぜかは説明できなかったが、麟太郎はなかなかその気にはなれない。そんな数字の上の解決法ではなく、もう少し情のある解決法。それがどういうものかと訊かれると困るが、麟太郎としては、DNA鑑定は乗り気になれなかった。

「そりゃあ、お前のいうことはもっともだが、俺としては、なかなか……」

ぼそっといった。

「やれば、はっきりわかる方法があるんだから、やったほうが。それに親父は医者なんだから、その医者の親父がDNAを拒否してどうするんだよ。卑怯(ひきょう)そのものだよ」

びしりと潤一がいったとき、

「私もＤＮＡ鑑定は、なるべくしないほうがいいような気がする。じいさんと一緒でなぜかはわからないけど、どんな結果が出ても非人間的なような気がして……」

麻世が掠れた声をあげた。すると、

「あっ、そうかもしれないな。女性としたら、やっぱりそういうことは——となると、この件もまた改めて、みんなで考えるということで……」

麻世の一言であっさり潤一が折れ、この件はまた改めてという結果に落ちついた。

とたんに麟太郎は宙を見つめて、大きな吐息をもらした。


午前中——といってもすでに十二時は回っているが、最後の患者は風鈴屋の徳三の弟子の高史だった。

「どうした、高史君。また、前と同様、恋煩いにでもなったのか」

診察室のイスに座る高史に冗談っぽく声をかけると、意外にも「はい」という返事がすぐに返ってきて麟太郎は呆気にとられた表情を浮べる。

「はいって……確か知沙さんとはうまくいっていると、先日の花見のときにはいってたんじゃなかったかな」

「あっ、僕と知沙は、うまくいってますから大丈夫です」

恥ずかしそうではあったが、慌てて声をあげた。

「なるほど、うまくいっていそうだな。以前は知沙さんといっていたのが、今は呼びすての間柄にまでなったか」

ちょっと羨ましそうにいうと、

「それは、知沙さんのほうがそう呼んでほしいっていうので、それで……」

高史は両耳を真赤に染めた。

「あの、知沙さんのほうがなあ」

麟太郎は独り言のように口に出し、

「となると、ひょっとして、恋煩いというのは」

唖然とした声を今度はあげた。

「はい。大先生の想像通り、うちの親方のほうが……それで体はどこも悪くないんですけど、僕はこうしてここへ」

蚊の鳴くような声で高史はいって、うつむいた。

高史の話によると――。

外では憎まれ口を叩き、元気一杯の様子を見せている徳三だったが、いざ家に帰ると体中から力が抜けたようにおとなしくなり、作業台を前にして大きな溜息を何度もつきながら仕事をしているという。それに昨日はこんなことを口にした。

「もし俺が再婚することになったら、相手はこの家に入ることになる。そのときは、その人のことを、お内儀さんと丁寧に呼ぶんだぞ。わかったな、高史」

こういって何度も、うなずいていたという。

どうやら徳三は夏希に本気で惚れて、まさかとは思ったが結婚という事態も本気で考えているようだ。

「お内儀さんなあ……」

ぼそっと口に出す麟太郎に、

「町内の噂では、親方は『田園』の夏希さんに参ってしまって、骨抜きにされているようだというんですけど、それは事実なんですか。大先生に訊けば本当のことがわかると思って、今日ここへきたんですが」

心配そうな口振りで高史はいった。

「それは――」

麟太郎は一瞬口ごもってから、

「おそらく事実だ。だが、相手の夏希さんがその気になってくれるかどうかは、俺には何ともいえねえ。何といっても、夏希さんは……」

ここまでいって、口を閉ざした。

いくら何でも、夏希は男に対しては百戦錬磨の強者で、しかも、お金大好きな女性だからとはいえるはずがない。

「夏希さんは、その――何なのですか」

真面目そのものの顔で、高史が訊いてきた。

「それは、つまりだな――」

麟太郎はまた、言葉につまった。

「有り体にいえば、要するに夏希さんという女性は一種の悪女だということだ」

思いきって口に出した。

「悪女なんですか、夏希さんは」

掠れた声を高史は出した。

「高史君は若いからわからねえだろうが、悪女というのはとても魅力的な存在でな。世の中の大抵の男は悪女に憧れの心を抱くものなんだ。いいかえれば悪女というのは、可愛らしい子狐のようなものだな――狐は人を騙す、悪女も人を騙す。しかし、可愛らしい。まったく困ったもんだが、仕方がねえ」

演説をするように、麟太郎はいった。

「多少は、わかる気がします。知沙も昔はワルでしたから」

ぼそっといった。

そうだった。知沙も麻世同様、以前は「メリケン知沙」の異名を持つほどの、武闘派ヤンキーだった。

「そうか、そうだな。それなら、高史君も親方の気持は理解できるだろう。人を好きになるのに、理屈っぽい条件は無用だからな。たとえ相手が、どんな人間だったとしても、恋は恋。変りはねえからな」

「でも、ワルにも、いいワルと悪いワルがあるような気がします。もちろん知沙は、いいワルですけど、夏希さんはどちらだと思いますか、大先生は」

また、難しいことを訊いてきたが、

「夏希さんも、いいワルだな」

麟太郎は即座に答える。そして、

「というのも、俺も夏希ママが大好きだからよ。親方に負けないぐらいによ」

正直に自分の心を吐露した。

「大先生もですか！」

驚いた表情を見せる高史に、

「ああ、これも衆知の事実だ。なあ、八重さん」

傍らに神妙な面持ちで立っている八重子に、麟太郎は言葉をかけた。

「衆知すぎて、みなさんが冗談だろうと、そっぽを向くほど衆知のことでございます」

すぐに八重子が、妙な答え方をした。

「それなら、夏希さんという人は、大丈夫ですね。ようやく安心できました。お内儀さんとして、快く迎えいれることができます」

そういって高史は、イスから立ちあがって麟太郎にぺこりと頭を下げた。

「だけど親方も、いい年だからな」

診察室を出るとき、高史のこんな独り言が聞こえてきた。

「ところで大先生。もうそろそろ一時になろうとしていますが、今日もお昼は可愛らしい子狐の、夏希ママの店ですか」

傍らの八重子が嬉しそうにいった。

扉を開けてなかに入ると、店はけっこう混んでいた。二時までの『田園』の日替りランチはワンコイン五百円で、食後のコーヒーをつけても七百円という手頃な値段だった。

「大先生いらっしゃい。今日は大先生のお好きな、チキンカツですよ」

すぐに夏希が寄ってきて空いている席に麟太郎を押しこみ、「コーヒーもつけるんですよね」といって返事も聞かずにカウンターに戻っていった。

しばらくすると、こんがりと狐色に揚げられた、チキンカツが夏希の手によって運ばれてきた。テーブルに手際よく料理を並べる夏希に麟太郎は低い声をかける。

「ママ、ちょっと話があるんだがよ」

「ごめん、大先生。今、立てこんでいるから、あとでコーヒーを持ってきたときに」

夏希はそういって、そそくさと麟太郎の前を離れていった。

「なら、食うか」

と口のなかだけで呟き、麟太郎は狐色のチキンカツに目をやる。とたんに、可愛らしい子狐のつくった狐色のチキンカツ……という言葉が頭に浮んできて思わず顔が綻び、慌てて周りを見回す。

夏希がコーヒーを持ってきたのは、それから二十分ほどあとで、麟太郎は食事を終えていた。

「おいしかったですか、大先生」

向かいの席にそっと座りこみ、夏希は満面に笑みを浮べる。

「うまかったよ。可愛らしいほど、うまかったよ」

麟太郎が目を細めると、

「何それ。変な表現で意味不明」

わざとらしく夏希は頬を膨らます。

「俺としては、これは最高の誉め言葉なんだがよ」

麟太郎はこういってから、

「さっきの話のことなんだが」

と夏希の顔をまともに見て、少し間をおいた。

「野暮なことをいうつもりはねえんだが、徳三親方のことだよ。いったい夏希ママは、どういうつもりなのか、それが知りたくてよ」

何でもない口調でいった。

「大先生、それってヤキモチですか」

嬉しそうに夏希がいう。

「それもあるかもしれねえが、それより俺は親方のほうが心配でよ。どうやら相当頭に血が上っているようで……弟子の高史君もそれが心配らしくて、ついさっきも俺のところにきて、親方は夏希ママと本気で一緒になる気のようだと」

「ああっ……」

うめくような声を夏希があげた。

ほんの少し沈黙が流れた。

夏希が麟太郎の顔を正面から見た。

両目が光った。

「私も本気ですから」

腹の底からの声のようだった。

「私は素人じゃありませんから、単なる色恋ではまず心は動きません。でも、そこに大金が絡んでくるとなると話は別です。心というよりは意識が燃えあがるんです。意識は心を燃えつくし、独り歩きをし始めます。そういうことなんです、私という女は」

一語一語、夏希はしっかりした口調で話した。正直すぎるほどの言葉だと思った。潔かった。しかし――。

「俺の診たところ、親方は健康そのもので、けっこう長生きをするように思えるんだが、それでも……」

麟太郎も正直なところを口にした。

「それなら――」

夏希の目が吊りあがった。

「早めに、隠居でもしてもらいましょうか」

こそりといって、ふわっと笑った。

ぞくりとするほど、妖艶な顔だった。

「隠居って、つまり……」

低すぎるほどの声を麟太郎が出すと、

「この話は、これでおしまい。所詮、男と女は成るようにしかならない。机上の空論は犬も食わない」

訳のわからないことをいって、夏希は両手をぱんぱんと叩いた。

いつもの明るくて端整な顔に戻っていた。夏希はこほんと空咳をひとつして、

「じゃあ、大先生。私はこれで」

小さく手を握って席を立っていった。

「夏希ママも本気か……」

麟太郎は小さく呟き、

「所詮、男と女は成るようにしかならない」

とつけ加え、コーヒーカップを手にしてごくりと飲みこんだ。

とたんに今度は、昨日ケータイにかかってきた比嘉俊郎との会話が頭に浮んだ。


昨夜の八時過ぎ。

麟太郎のケータイに電話が入り、出てみると沖縄の比嘉からだった。

簡単な挨拶のあと、比嘉はすぐに本題に入った。

「美咲がアルバイトを始めた。それはいいんだが、アルバイト先が律ちゃんのずっと勤めていた『でいご』だというのが……」

比嘉は掠れた声でこういった。

一週間ほど前のことだという。

夕食のあと、突然美咲がこう切り出した。

「何にもしないで、ずっとおじさんのお世話になっているのも気が引けるので、アルバイトでもしようかと思って」

いってから美咲は少し笑った。

「気が引けるって――そんなことは気にしないで、学生は学生らしく本分に励んだほうが美咲のためにはいいような気が、俺にはするんだがな」

比嘉は真っ向から反対した。

「そうかもしれないけど、きちんと社会を知るのも大切なことだと私は思うし。学費の全額とはいかないけれど、せめて半分ぐらいは自分で何とかしたいともずっと思っていたし、だから」

「あのなあ、美咲。うちは余計な治療はしないし、薬も必要以上に出さない主義だから、他の医院よりは利益は少ないけど。それでも普通のサラリーマン家庭よりは、余裕は充分にあるから、そういうことはまったく気にすることはないと思うぞ」

噛んで含めるようにいう比嘉に、

「それはわかるんだけど、それでも私はやっぱり働きたい。じっとして暮していくのが何だか怖いというか勿体ないというか。そんな気が強くしてならないんです」

美咲もなかなか譲らない。いつもは素直な美咲にしたら珍しいことだった。

「しかしなあ」

比嘉は小さな吐息をもらし、

「看護大学の授業は、かなりきついぞ。アルバイトと両立させて、それをつづけるというのは大変なことだと思うぞ。実現すれば万々歳だが、そんなことが簡単にできるとは、なかなかな」

と話をつづけるが、この最後の一言がまずかった。

「大変なのはわかっています。だからこそ、やりたいんです。いえ、やってみせます。そんな私を、どうか見守ってやってください、俊郎おじさん」

ここで美咲は顔中に笑いを浮べ、

「ありがとうございます」

と比嘉に向かって深く頭を下げた。

「えっ、何だって、美咲――」

比嘉は、とまどいの声をあげた。

そして、ようやく自分が押しきられたことに気がついた。美咲に承諾の隙を与えてしまったことに。不覚だった。

「あっ、そりゃあまあ、お前がどうしてもやりたいというのなら」

渋々、了解の言葉を口にした。

「もちろん、一週間全部というわけじゃなく、週に三日程度――それにしても、その三日間は夕食の仕度をすることができなくなります。すみませんけど、その間はおじさんが……」

困ったような表情を、美咲は浮べた。

「そんなことは気にしなくていい。美咲がくる前は、毎日のあれこれは全部俺一人でやってたんだから、軽いもんだ」

笑いながらいうと、

「よろしく、お願いします」

美咲はぺこりと頭を下げた。

「そんなことはいいんだが、いったい美咲はどんなアルバイトをするつもりなんだ」

比嘉は何気なく口に出す。

「学生ですから、飲食業がいちばんいいんじゃないかと」

「そうだな。そのあたりがいちばん、手っ取り早いだろうな」

比嘉も相槌を打つ。

「飲食業っていうと、お酒もついて回るけど。もう私も十八だから。それもまあ仕方がないかなと」

遠慮ぎみにいう美咲に、

「そういうことだな。特に沖縄では、酒に関するあれこれは緩くて甘いから。何かというと、男も女もすぐに宴会だといって飲みまくる土地柄だから」

と比嘉は軽く答えるが、何となく美咲に乗せられているような気分になって妙な感覚に陥る。

「実をいうと、働くお店はもう決めてきたんです」

勢いこんで美咲がいった。

「もう決めてきたのか――えらく手回しがいいな。で、どんな店なんだ。ファミレスか、それとも居酒屋なのか」

何でもない口調で比嘉は訊く。

すぐに美咲は何かいいかけたが、一瞬間をあけてから、

「『でいご』……」

と、はっきりした口調でいった。

比嘉の胸がどんと音をたてた。

「『でいご』って……律ちゃんが働いていた、あの店のことか」

上ずった声が出た。

「はい。お母さんが働いていた、あの店で私は働きたくて。それでもう、泰子ママとは話をつけてきました」

比嘉の胸は騒めいていた。

「しかし、なんで、あの店で、美咲は働こうなどと」

「たった一人で私をずっと育ててくれたお母さんの気持が知りたいというか、お母さんの気持になってみたいというか——考えてみたら、お母さんも私ぐらいの年から、あの店で働き始めたわけでもあるし」

一気にいった。

有無をいわせぬ気迫が、そこにはあった。

唸るしかなかった。

「それはもう、決まったことなのか」

ようやく、これだけいえた。

「はい。泰子ママには了解ずみで、明日からでも店には出たいと思っています。よろしくお願いします」

美咲は比嘉の顔を真直ぐ見つめてから、頭を思いきり下げた。

これが、そのときの顚末（てんまつ）だと比嘉は麟太郎にいった。

「美咲さんが律ちゃんの働いていた、あの店に——何となく因縁というか因果というか。そんなものを感じるなあ。そうか、美咲さんが、あの店でなあ」

しみじみとした口調でいう麟太郎に、

「高校を卒業したときとその間際に、俺は数回、美咲をあの店に連れていった。それがよくなかったようだ」

　絞り出すような声を、比嘉はあげた。

「よくなかったって……お前は美咲さんがあの店で働くことに反対なのか」

「反対だ。あの店だけは反対だ。あの店だけは駄目だ」

　はっきり比嘉はいいきった。

「それは、『でいご』が、ファミレスや居酒屋と違って水商売そのものの店だからか」

　怪訝に思ったことを麟太郎は口に出す。

「違う——あの店で働いていた律ちゃんがいなくなり、そして今度は美咲が、あの店で働くことになり……美咲もいずれは俺の前から消えていなくなるんじゃないかと……俺はそれだけが心配で」

　比嘉は低すぎるほどの声でぽつぽつといった。

　そういうことなのだ。

　比嘉はあの店に、奇妙な暗合を感じているのだ。律子が消えてしまったから、美咲も消えてしまうのではないかと。あの店を手始めにして——。

　比嘉は淋しいのだ。妻も子供もなく、たった一人であの家で暮すことが。考えてみれば、比嘉も麟太郎もすでに、いい年だった。老いていた。だが麟太郎には潤一がいて、そして麻世がいた。が、比嘉には……。

「それに」

と比嘉が嗄(しゃが)れた声を出した。

「あの店で働いていた律ちゃんの気持になりたいという、美咲の気持は本物だろうが、それ以上に――美咲はあの店で働きながら、自分の出生の秘密を探ろうとしている。俺にはそう思えてならん」

「出生の秘密って――それは自分の父親を探し出すってことか、あの店で」

「そうだ。美咲はあの店の客のなかに、自分の父親がいるのではと……だから常連客から当時の情報を聞き出して、何とか自分の父親にたどり着こうと。現にお前も常連とはいえないものの、あの店の客の一人だ」

比嘉の言葉に「ああっ」と麟太郎は唸り声をあげる。やはり美咲も、自分の父親が誰かを知りたいのだ。当然のことだった。子供なら誰しも自分の親が気になるにきまっている。たった一人になってしまった美咲なら、尚更(なおさら)のことだ。いい換えれば、美咲の境遇も孤独そのものなのだ。

そして麟太郎は近頃、ひょっとしたら美咲の父親は自分なのでは……そう思い始めていることに気がついていた。

意識がなくなったから、何もなかった。記憶がないから、そんなことはなかった。ずっとそう思いつづけてきたが、意識がなかろうが記憶がなかろうが、絶対になかったとはいいきれない。

人間には本能というものがあった。そして、麟太郎と律子は、健康な体を持つ男と女だった。ひょっとしたらということも充分に考えられる。そんな思いが麟太郎の心に芽生えていた。

「なあ、比嘉――」

重い声を麟太郎は出した。

「あの、律ちゃんとの御嶽の一夜をお前に話したあと、俺は二人の間に、あのとき何かがあったのだろうかとお前に訊いた。そのときお前は、わからんと一言だけいって首を振ったが……」

そうなのだ。あの話のあと、麟太郎は率直に比嘉に意見を求めた。それに対して比嘉はただ一言、

「わからん」

と口に出し、宙を睨みつけて首を振った。

律子が何も語らず、麟太郎に意識がなかった以上、そう答えるしか術はないだろうが、それにしても自分の感情を含めた私見というものがあるはずだ。それがたとえ、間違っていたとしても。

「あのときの思いは、今も同様なのか」

さりげなく訊いてみた。

「同じだ。どう客観的にみても、わからんとしか答えようがない。すべては闇のなか、DNA鑑定でもやらん限り、親子関係を立証するのは無理に決まっている」

また出た。DNA鑑定だ。そして比嘉は、その言葉を吐き出すような口振りで麟太郎にいったのだ。

比嘉は疑っている。

そう思った。あの御嶽の夜、自分と律子の間に何かがおきた。そう疑っているとしか考えようのない、比嘉の口振りだった。

「もうひとつ訊きたいのだが、あの御嶽の夜の出来事を、お前は美咲さんに話したのか。それはどうなのだ」

これも気になることだった。

あのとき麟太郎は、あの出来事を美咲に話してほしいとも、話さないでほしいともいわなかった。比嘉も、そのことに関しては麟太郎に何も相談しなかった。有り体にいえば、この話を美咲にどう伝えたらいいのか、麟太郎にも比嘉にも判断がつきかねた。そういうことになるのだろうが。しかし、それにしたって……。

「美咲には何も伝えていない。何をどう話したらいいのか、俺の頭のなかの整理がまだついてはおらん。しかし、折を見て話さなければならないと思っているのは、確かなことだ。当事者である美咲を、蚊帳の外に置いておくわけにはいかん」

「そうだな。そのときには、できる限り詳細に丁寧に、あの夜の出来事を話してやってほしい。俺からも頼む」

麟太郎はケータイを手にしたまま、深々と頭を下げた。

「それから、律ちゃんはまだ見つかっていないのか。何の連絡も情報も、お前のところには入っていないのか」

「入っていない。いったいどこへ雲隠れしてしまったのか。そして何のために、いなくなってしまったのか。今のところ、何もわかっていない。いくらユタだとはいっても……さすがの俺もちょっと心配になってきている」

比嘉は大きな溜息をもらした。

「そうか……」

ぽつりと麟太郎はいってから、

「なら、とにかく。五月の連休には、またそっちへ行くつもりだから、そのときはよろしく頼む」

できる限り明るい声を出した。

「そうか、またきてくれるのか。すまないな、何度も」

比嘉の声も少し、弾んでいるような。

「うちの麻世が美咲さんに会いたがっているし、そのときは一緒に連れていくつもりだから、それもよろしくな」

「おうっ、そういうことなら、美咲も大喜びだろう。むろん俺も、噂の美女に会えるのを楽しみにしている。そうか、連休なら、ゆっくりできるな」

独り言のように比嘉は呟く。

「もし何か変ったことがおきたら、連休前でも行くつもりだから。そのときは、ケータイにでも連絡を入れてくれ」

といって、電話を切ったのだが――。

麟太郎はぬるくなったコーヒーを、一息で飲みほす。

しかし、もし美咲が自分の子だとしたら、いったいどんな状況になるのかと考えて、ほとんど何の影響もないことに気がついた。

ある意味、能天気で鈍感な潤一は何の騒動もおこさず、すんなりその結果を受け入れるだろうし。麻世に至っては双手(もろて)を挙げて大歓迎ということになるだろう。ただひとつの難点は、麟太郎自身に向けられる好奇の眼(め)と後ろ指――これにしたって時間が経てば綺麗さっぱりと。何たってここは、ざっくばらんな下町なのだ。

そんなことを考えていると、

「あら、親方、いらっしゃい」

夏希の甲高い声が耳に響いた。

入口のほうに目をやると、徳三が満面に笑みをたたえて立っていた。

「あの野郎。夜だけじゃなく、昼間もここにきてるのか」

口のなかだけで独りごちるようにいうと、

「ランチの時間は、昼過ぎの何時までだったかいね、夏希さん。まだ、大丈夫なんでござんしょうかねえ」

という妙に照れたような声が聞こえた。

「何を水臭いことを。親方なら、たとえこれが三時だろうと四時だろうと、いつまでだって大丈夫ですよ」

よすぎるほど機嫌のいい声が耳に響いて、麟太郎の体がぴくりと動く。

麟太郎は常々夏希から、ランチの時間は二時までときつくいわれていた。それが徳三に対しては……。

「やっぱり夏希ママは、潔い」

こんな言葉が麟太郎の胸を、ふわりと通り抜けていった。

第五章　三角関係

台所から、いい匂いが漂ってくる。

これは多分、すき焼の匂いだ。

「親父、どうやら今夜はご馳走(ちそう)に、ありつけそうだな」

三十分ほど前にやってきて、台所の様子を窺っていた潤一が嬉しそうにいう。

「そうだな。すき焼なら大きな失敗は考えられねえから、何とかまともなものが食べられるんじゃないのか」

機嫌よく麟太郎が口にしたところで、麻世が卓上コンロを持ってきてテーブルの上に置いた。

「今日は順調にいってるから、ちゃんとしたものが食べられると思う。すぐに鍋を持ってくるから火をつけておいて」

機嫌よく麻世もいい、台所に戻って湯気のあがる鍋を持ってきてコンロの上に置いた。具と一緒に、すでに肉も鍋のなかに入っていて、あとは食べるだけの状態だ。

「肉はまだ、沢山あるから、二人ともどんどん食べて」

景気のいい麻世の声を聞きながら、麟太郎と潤一は小鉢のなかに生卵を割り入れ、熱々の肉をすくっていれる。そのとたん「えっ」と潤一が不審げな声をあげた。

「麻世ちゃん、これって牛肉なのか」

視線が鉄鍋のなかの肉に移る。

麟太郎の目も鉄鍋のなかを凝視する。

牛肉より色が薄い……これは。

「牛肉じゃないよ、豚肉だよ」

何でもないことのように、麻世はいった。

「豚肉って……普通、すき焼は牛肉でするもんだと思うけど」

ぼそっと口にする潤一に、

「えっ、そうなのか。私のうちは小さいころから、すき焼っていったら豚肉だったけど。そうか、牛肉でする家もあるんだ。今までそういうことは、まったく知らなかった」

きょとんとした表情を浮べる麻世の顔から麟太郎は視線をはずし、また、とんでもないことをいわなければいいがと、潤一を見ると……。

「それは麻世ちゃん、牛肉より豚肉のほうが断然安いから――」

やっぱりいった。

が、さすがに自分のいった言葉の意味に気がついたらしく、潤一は慌てて口をつぐむが麻世の表情は硬くなっている。

「牛肉だろうが豚肉だろうが、すき焼に変りはない。地方によって、家庭によって肉や具のあれこれが違ってくるのは当然のことで、何ら変ったことじゃねえ」

麟太郎は二人の顔を交互に見て、

「せっかくの、うまそうなすき焼。有難くいただこうじゃねえか」

豚肉を溶き卵につけて、さっさと口に運ぶ。

「うまいな、これは」

本当はちょっと甘すぎたが、麟太郎は顔を綻ばせてこういい、

「ほら、お前も固まってないで、有難くいただけ」

とりなすように潤一に声をかける。

「あっ、そうだな。有難くいただきます」

疳高い声をあげて、肉を口に運ぶ潤一を見ながら、

「こいつは、おぼっちゃま育ちで世間にうといから、気にすることはないぞ、麻世」

できる限り柔らかな声で麻世にいう。

「さっきはショックで悲しくなったけど、これで、おじさんと私は前世で敵同士だったことに確信を持ったから、今は別に気にしてないよ」

麻世のこの一言に、わかりやすく潤一はしょげるが、こいつにとってはいいクスリだ。

「そんなことより」

喉につまった声を、麻世はあげた。

「食事がすんだら、じいさんに私、ちょっと話があるんだけど」

「話って……」

麟太郎も喉につまった声を出す。

「沖縄の美咲さんのことだよ」

とたんに麟太郎の胸が、ざわっと騒ぐ。

どうやら、いい話ではなさそうだ。

「とにかく、すき焼をいただこう」

こうして夕食は終り、麟太郎と潤一がお茶を飲んでいるとき、麻世が声をあげた。

「実は突然美咲さんがここにやってきて、ひと騒動起こったあと。それが何とか収まって仲がよくなってから、私たちはラインを使って、ずっと連絡を取りあってたんだけど……」

秘密を打ちあけるように、声をひそめていった。

「ほうっ、お前たち二人は、ずっとスマホで連絡を取りあってたのか。すると先日お前と潤一に話した、美咲さんが名護市のスナックでバイトを始めたことも、麻世はそのときもう、知っていたということか」

　頭を振りながら麟太郎はいう。

「ごめん、じいさん。実は知ってたけど、何となく抜け駆けしていたように思えていい出せなくて、黙ってたんだけど、そうもしていられなくて」

　神妙な顔で麻世は麟太郎に頭を下げた。

「つまり、あのあと美咲さんに何かが起きた。そういうことか、麻世」

　麟太郎の声に麻世はうなずく。

「美咲さんは今、相当困っているようで、それで私……」

　麻世の話によると――。

『でいご』にアルバイトとして出た美咲は、すぐに客たちの人気者になり、なかでも二人の男が異常なほどの熱のあげようで、今ではどちらが美咲を自分のものにするか、一触即発の状況になりつつあるという。

　一人はエリック・ギルバートという、キャンプ・ハンセン基地に常駐するアメリカの兵隊で、もう一人は金城秀治（かねしろしゅうじ）というちょっと危ない若い男らしく――この二人が美咲を挟んで睨みあいをしていると麻世はいった。

「勤め始めてすぐに、三角関係勃発か。まあ美咲さんは美人だから、そういうことも充分にうなずけるけどな」

面白そうに潤一はいう。

「三角関係じゃないよ。二人が勝手に熱をあげているだけで、美咲さんのほうは二人に対して何とも思っていないかんじだったし」

麻世はちょっと声を荒げる。

「それじゃあ、三角関係もどきというか、ただ単に迷惑すぎるストーカーというか。そういうことになるのか」

慌てて訂正する潤一を、

「そういうことだよ。そして、このままでは何かが起きるんじゃないかと、美咲さんは怯えていたから、決して笑いごとなんかじゃない状況なんだよ、おじさん」

じろりと麻世が睨んだ。

「あっ、それは申しわけない。俺はよくある若者同士の恋の争奪戦だと思ったから。それでつい。本当にごめん」

さっさと謝ったほうが傷は浅いと思ったのか、潤一は麻世に向かって頭を下げた。

「何かが起きるというのは、どういう意味なんだ、麻世。美咲さんはいったい、何が起きるっていってるんだ」

麟太郎は重苦しい声でいった。

「わからない。ただ、さっきもいったように、美咲さんはかなり怯えているようだったたから何か物騒なことが……」

「そうなると、これは警察の出番ということになるのか」

首を傾げていう麟太郎に、

「それは無理だ、親父。警察は人の色恋沙汰には介入しない。それに事件が起きない限り、警察は動かない」

すぐに潤一が反論した。

「そうだよ。おじさんのいう通りだよ。私もそう思うよ」

珍しく麻世が潤一の言葉に同調し、とたんに潤一の顔に嬉しさが溢(あふ)れた。

「その件を、比嘉は知っているのか」

肝心なことを麟太郎は訊いた。

「美咲さんは比嘉さんに逆らって、あの店に勤め出したようなもんだから、とても話すわけにはいかないって」

「そういうことなんだろうな。話せば、それ見たことかってことに、なっちまうからな。なかなかいえねえだろうな」

独り言のように麟太郎は呟く。

「だから美咲さんは、じいさんに早急に沖縄にきてほしいって。いろいろ相談もあるし、比嘉さんとの間に入ってほしいからともいってた。美咲さんは例の件もあって、かなりじいさんを気に入って頼りにしている口振りだった」

噛んで含めるように麻世はいうが、最後の部分はにわかには信じられない気がした。何といっても、美咲と麟太郎は微妙な間柄なのだ。そう簡単に心を開くとは……ひょっとしたら、この部分は麻世の創作で、とにかく早急に麟太郎を沖縄に連れ出し、自分もそれに便乗して沖縄に行こうと——しかし早急に行くとなると。

「潤一——」

厳かな声を麟太郎はあげた。

「金曜か月曜、一日くらい、お前にここを任せることは可能か」

潤一が一日でもここの面倒を見てくれれば、丸々三日間を使えることになり、とんぼ帰りをしないですむことになる。

「大学病院では俺もけっこう人望が厚くて、少々の無理なら通るようになっている。要するに……」

ちらっと麻世を見て、得意満面の顔をした。

「一日、二日なら、何とでもなるということだ、親父」

どういう加減か、嬉しそうにいった。ひょっとしたらこいつ、大きな勘違いを……。

「それなら、一日だけでいい。ここを頼む。で、お前としたら金曜がいいのか、月曜がいいのかどっちだ」

「月曜は何かと忙しいから、俺としたら金曜のほうがいいな」

嬉しそうにうなずいた。

「よし、決まりだ。それなら来週の金土日と俺は沖縄に行ってくる。その間のここのあれこれを頼む」

麟太郎は潤一に頭を下げた。

「わかった。大船に乗ったつもりで、親父は心おきなく沖縄に行って、美咲さんの力になってやってくれ」

胸を張った。

「よし。そういうことで、麻世、お前はどうする。やっぱり一緒に行くつもりか。まあ、そういうことなんだろうな」

とたんに潤一の口が、ぱかっと開いた。

「麻世ちゃんも、一緒に行くのか」

蚊の鳴くような声を出した。

「美咲さんはまず、麻世に助けを求めてきたんだ。それなら、一緒に行かないわけにはいかんだろう。美咲さんにしたって麻世に会いたがっているだろうしよ」

何でもないことのように麟太郎はいう。

「そりゃあ、そうだよな。俺も最初からそうじゃないかとは思っていたけど……」

何だか泣き出しそうな声だ。

やっぱりこいつは俺を沖縄に追いやって、その留守中に麻世と一緒に、ここで過ごす算段をしていたのだ。

「それに――」

と麻世が声を出した。

「相手の男の一人がアメリカの兵隊なら、ボクシングぐらいはやってるかもしれないし、もう一人の危ない男というのは、どうもヤンキーか半グレのようだから――そうなるとやっぱり私が行かないと」

自信満々の口調でいった。

「おいこら、麻世――」

慌てて麟太郎は大声を出す。

「わかってるよ、じいさん。できる限り穏便にすませるから。私がいってるのは、もし切羽つまって、どうにもならなくなったときのことだから」

殊勝な顔をして何度もうなずいている。

「学校のほうは、休んでも大丈夫なのか。そっちのほうはどうなんだ」

「近頃は、サボらないできちんと学校に行ってるから、かえって担任が胡散臭い目で私を見てるようだし。それを考えれば、ここらで休むぐらいがちょうどいいんじゃないのかな。多分、担任は胸をなでおろすと思うよ」

いかにも楽しげな麻世の顔を見て「担任は胸をなでおろす」かと麟太郎は口のなかだけで呟く。

そんな麻世から視線を潤一に向けると、こっちは放心状態だ。この様子では、今日は何をいっても駄目だ。当分、立ち直りは難しいかも……。

授業は午前中だけだったといって、麻世が早めに帰ってきた。

「なら、麻世。久しぶりに夏希ママの店にランチでも食べに行くか」

と麟太郎は恐る恐る誘ってみた。

何といっても麻世と夏希は正反対の性格で、相性はすこぶる悪い。以前ほどではないにしても、二人とも性格は強（きつ）いし、決して和気藹々（わきあいあい）というわけにはいかない。

「いいけど」

機嫌よくとはいえないまでも、麻世は夏希の店に行くことを承諾した。麻世もどうやら、少しは大人になったようだ。

『田園』のドアを開けると、すぐに満面を笑みにした夏希が飛んできた。麟太郎は夏希の顔から視線をずらし、さりげなく店内を見回すが今日は徳三の姿は見えない。

「まあ嬉しい。約束通り、麻世さんを連れてきてくれて――」

奥の席に案内しながら、夏希の視線は品定めをするように麻世の顔に張りついている。

「今日のランチは、メンチカツ。それを食べ終ったら、じっくり話をね、麻世さん」

そういって夏希は、麟太郎と麻世の前を離れていった。

実は半月ほど前から、麟太郎は店に麻世を連れてきてほしいと夏希に頼まれていた。目的は麻世を水商売に引っ張りこむこと。麻世を銀座にカムバックをするときの目玉にしたい……それが夏希の思惑だった。

以前にも一度、この店で夏希は麻世に水商売の世界にこないかと誘ったことがあったが、そのときは真剣勝負のような雰囲気になったものの、結局麻世の勝ち。きっぱりと夏希の誘いを断った。そして今日……さらにいえば、麻世にかこつけて麟太郎にもひとつの思惑があった。夏希と徳三との進捗状況。それを夏希の口から直接聞きたかった。

「なあ、じいさん。夏希さんは私に話があるような口振りだったけど、それはまた、例の銀座の件か」

ぼそりと麻世がいった。

「まあな、ちょっと断りきれなくてな。しかし何をいわれようが、麻世は自分の考えを夏希ママにぶっつければいい。そういうことだから心配はいらねえ」

そう麟太郎が口にしたところで、夏希と理香子の手によって今日のランチが運ばれてきた。二人は手際よく料理をテーブルに並べ、

「じゃあ、食べ終って食後のコーヒーを持ってきたときにね、麻世さん」

夏希は思いっきりの愛想笑いを残して、カウンターの前に戻っていった。

「なら食うか、麻世」

号令をかけるように麟太郎はいい、二人はしばらく料理を食べることに専念した。

言葉通り、食べ終ったころに、軽やかな足取りで夏希がやってきた。まず食器を片づけてからコーヒーを運んできて、そのまま麟太郎の隣に座った。

「久しぶりよね。麻世さん」という言葉に「はい」と麻世は素直に答える。いよいよ夏希と麻世の真剣勝負の始まりだ。

本音をいえば、麟太郎は二人の真剣勝負が嫌いではなかった。前回はハラハラドキドキして肝を冷やしたこともあったが、あれはあれで面白かった。新鮮だった。

「相変らず、麻世さんは綺麗よね」

うっとりした顔で夏希がいった。

「そんなことはないよ。夏希さんのほうが、ずっと綺麗だよ」

麻世の返答だった。

意外な言葉だった。

夏希の顔に狼狽(ろうばい)の表情が浮んで、隣の麟太郎の顔を見てきた。が、思いは麟太郎も同じだった。いつもならここで「顔なんて、どうでもいい」などという麻世の素気ない言葉が飛び出して二人のバトルが始まるのだが。

「それは、そうかもしれないけど」

夏希が言葉につまった。

「可愛らしさからいえば、麻世さんは私より数段上だから。悔しいけど、勝負にならないほど」

ようやく言葉を出した。

美人度は自分のほうが上だが、可愛らしさは麻世のほうが数段上――これは夏希の本音だ。しかし、出したくもない本音を口にしなければならないほど、いつもとは違う麻世に夏希はとまどっている。そういうことだ。

「美しさは断定できるけど、可愛らしさなんて人それぞれで、あやふやなもんだから。信用できるもんじゃないから」

何でもない口調で麻世はいう。

「信用できない、あやふやなものといっても。現に麻世さんの可愛らしさは、世の中の男たちが認めていることだから」

ようやく夏希の言葉に勢いがついた。

「男なんてみんな、いいかげんで意地汚いから。そんなものを信用してたら、とんでもないことになる。だから」

低い声で麻世はいった。

「信用なんか、しなくていいの」

ちらりと夏希は麟太郎の顔に視線を走らせてから、

「掌（てのひら）の上で上手に転がして遊ばせておけば、どんどんお金を貢いでくれるから、それでいいの。だから私と一緒に銀座にお店を出して、いいかげんな男たちから、どんどんお金を搾（しぼ）りとろ、麻世さん」

麻世の顔を真直ぐ見つめて一気にいった。

夏希の顔は真剣そのものだった。

すると――。

「ごめん」

ふいに麻世の口から謝りの言葉が出た。

こんな麻世も初めてだった。

呆気にとられた表情が、夏希の顔に浮んだ。

むろん、麟太郎も同じ気持だ。

「私もお金は、決して嫌いじゃないけど。でもこの先、贅沢（ぜいたく）したいとも思わないし、楽しようとも思ってないし。お金は毎日食べていけるだけのものがあれば、それで充分だと思っているし――だから本当に、ごめんなさい」

なんと、麻世が頭を下げた。

「あっ、私に頭を下げられても」

上ずった声を夏希はあげた。

向かってくる敵には強いが、頭を下げて折れてくる者にはすこぶる弱い。闘う武器を持ち合せていない。それが夏希という女性なのだ。

「ああっ――」

と夏希が長い溜息をもらして、天井を睨んだ。

「また負けてしまった。いえ、勝負をさせてもらえなかったのか。それにしても麻世さんは以前と、かなり変った。ねえ、そう思いませんか、大先生」

麟太郎に同意を求めてきた。

「確かに変った。俺もびっくりした。随分大人になった。そう思った」

感じた通りのことをいった。

「そうですね。麻世さんは随分と大人になった、随分と。でも……」

こういってから夏希は、意味ありげな笑みを片頬に浮べた。

「おい、なんだよ、その笑みは。何かいいたいことがあるのなら、ちゃんといってくれよ。気になってしようがないよ」

叫ぶような声を麟太郎は出した。

「いわない。まだ、いえない。特に麻世さんの前では——敵に手の内を見せることなんてできない」

はっきりした口調で夏希はいった。

どうやら麻世を水商売の世界に引っ張りこむのを、夏希はまだ諦めてはいない様子らしい。

「それなら、また今度。俺が一人のときに内緒でな、夏希ママ」

諦め口調でいうと、

「気が向いたらね」

ふわっと夏希は笑った。

「ところで、夏希ママに俺は、ひとつ訊きたいことがあるんだがよ」

すがるような声を麟太郎は出した。

「それって、ひょっとしたら、私と徳三親方の結婚のことですか、大先生」

あっけらかんとした口調でいった。

「ああ。さっき、麻世に銀座に店を出したらと口にしてたから。ひょっとしたら、その資金の当てがついたのかと思ってよ」

正直なところを口にすると、

「そうですね。ついたといえば、そうともいえますね。何たって徳三親方は、その気満々ですからね。あとは諸条件が整えば、そういうことになりますね」

ほんのちょっと胸を張った。

「諸条件というのは、親方のところの土地家屋のことなのか」

ずばりといった。

「まあ、それも含めて、諸般いろいろといったところですか」

「諸般、いろいろなあ……」

独り言のように麟太郎が呟くと、

「それとも」

といって夏希は、まともに麟太郎の顔を見てきた。

目に力があった。

嫌な予感がした。

唾をごくりと飲みこんだ。

「大先生、私と結婚しますか」

とんでもない言葉が飛び出した。

「医院というだけあって、大先生のところの土地のほうが徳三親方のところより、かなり広いですから。私としたら大歓迎なんですけどね」

極上の笑みを顔中に浮べた。

ぞくっとするほど、綺麗だった。

「いや、それは、あれは俺だけの物じゃなくて、あそこを訪れる患者全部の物だからよ、そう簡単にはよ」

ちゃんといえた。

「やっぱりね。いざとなると、大先生は尻ごみをするんだから」

夏希は軽く首を振り「またね、麻世さん」といって席を立っていった。

沖縄に行く日が明日に迫っていた。


那覇空港のロビー。

青い顔をして、ぐったりと背中をイスにもたせかけているのは麻世だ。

息遣いも荒く過呼吸の状態で、脈もかなり速い。医学的にいえば急激な血液循環の不調から血圧と同時に体温も低下して、一時的に体がいうことをきかない状況に陥っているのだ。

「麻世、どうだ、気分のほうは」

隣に座る麟太郎が、脈をとりながら優しげな声をかける。

「大丈夫だ、じいさん。もうしばらくすればよくなると思うから」

細い声でいう麻世に、

「俺もそう思う。医者の俺がそういうんだから間違いはない。まあ、あと二、三十分もすれば随分楽にはなるはずだ」

励ますように麟太郎はいうが、原因はわかっているので心配はしていない。

飛行機だった。

初めて乗った飛行機に麻世は恐れをなし、体が極端にそれに反応して、一時的にショック状態に陥った。そういうことなのだ。おそらく麻世は極度の高所恐怖症なのに違いない。

今朝も家を出るとき念のために、

「麻世、お前は今まで飛行機に乗ったことはあるか」

と麟太郎は訊いてみたのだが――。

「乗ったことはないけど、多分怖くはないと思う……」

麻世は細い声で、こんな言葉を返した。

それならまあ大丈夫だろうと高を括っていたのだが、飛行機が滑走路を離れて、ぐんぐん上昇を始めると麻世の表情が強張(こわば)っていくのがわかった。

それからは何を喋りかけても一言も口を利かなくなり、唇を一文字に引き結んでいた。

両目も固く閉じ、両手は座席の端っこをぎゅっと握りしめていた。

まあ初めての飛行機ならこれぐらいはと、あまり気にしなかったが、那覇空港に近づくにつれて、それまで順調だったフライトの様子が一変し、機体がガタガタと大きく揺れ出した。

機内アナウンスでは低気圧が発生しているということだったが、機体が高度を下げるに従って風も雨も強くなる一方で、飛行機には慣れているはずの麟太郎も恐怖を覚えるほどだった。

風が弱くなるのを待つために、機体は何度か空港上空を旋回した後、ようやく何事もなく那覇空港に着陸した。このときは乗客から安堵（あんど）の声がもれたほどだったが、麻世の顔は真青（まつさお）で体が小さく震えているのがわかった。

「じいさん、多分、もう大丈夫だと思う」

ロビーのイスからようやく体を起こし、低い声で麻世がいった。

「散々だったな、麻世。いつもはあれほど揺れることはまずないんだが、初飛行で低気圧に巻きこまれるとはな」

労るように麟太郎がいうと、

「それを聞いて少しは安心したけど、私はよっぽど運が悪いみたいだ」

呟くような声が返ってきた。

「運の悪いときがあれば、それを帳消しにするくらい運のいいことも必ずある。世の中というのは、実に公平にできていると俺は思うぞ」

いったとたん、ふいに麟太郎は嬉しくなった。何があっても物に動じることがなく、今までワルを相手に何度も死ぬか生きるかの修羅場をくぐってきた麻世だったが——そんな麻世にもちゃんと弱点があったことに気がつき、麟太郎は何となく安心した。

「確かに、世の中は公平だ」

独り言のように口に出すと、ふわっと顔が綻んだ。

「何だよ、何がおかしいんだよ」

すぐに麻世が口を尖らせた。

どうやら、気力が戻ってきたようだ。

この分なら、もう大丈夫だ。

「殺しあいのような喧嘩を繰り返してきた麻世にも弱い部分があるのがわかって、それでつい、お前の人間らしさというか優しさというか、そんなものに触れた気分になって、それで嬉しくなってな」

上機嫌でいう麟太郎に、

「そのことなんだけどさ」

やけに可愛い声を麻世が出した。

「私が飛行機のなかで震えていたこと、周りにはいわないでほしいんだけど」

恥ずかしそうにいった。

「何だ。体裁が悪いのか」

麟太郎の嬉しさは頂点に達した。

「そりゃあ、まあ、私としては、やっぱりというか、何というか……」

思いっきり語尾を濁した。

「お前がだまっていろというのなら、そうするが。しかし、そんなささいなこと、特段気にすることは——」

「じいさんたちには、ささいなことかもしれないけど、私にしたら重大なことだから」

麟太郎の言葉を遮るように、麻世は声をあげた。

「お前にしたら重大なことなら、あえて口にはしねえけどよ」

いいながら麟太郎は、こいつはやっぱりまだまだ修行が足らんと頭を振る。

「よし、それなら遅くなったが空港内で昼飯を食べて、そのあとは——」

と両手で膝を叩くと、

「そのあとは、ハンセン病の隔離施設だった『沖縄愛楽園』というところに行く予定なんだろ」

すらすらと麻世は答える。

「比嘉は今日、平日だから診療があるし、美咲さんは大学だから、愛楽園のほうを見学してから名護に行こうと思ったが、外は土砂降りでいかにも天気が悪い。だから、中止にすることにする」

「そこは天気が悪いと、見るのに何か支障があるのか」

きょとんとした表情を麻世は向けた。

「なるべくなら、麻世にはからっと晴れた天気のいい日に、あの施設は見てほしいと思ってな。心も気持も澄みきった日にな。幸い明日からは低気圧も抜けて、いい天気になるらしいからよ」

しみじみとした調子でいう麟太郎に「ああ」と麻世は声をあげた。いわんとしたことはわかったようだ。

「だから飯を食ったあとは、ぼつぼつと比嘉の診療所に向かう。タクシーを使おうと思ったがバスでな。何といっても飛行機代は高い。節約をしねえとな」

「何で行こうと私はいいよ。ちゃんと先方に着きさえすれば」

打てば響くように麻世は答えてから、

「夜は美咲さんのバイト先の、スナックという予定は変らないんだな」

念を押すようにいった。

「お前の話では、店は日曜休みだから、まずは金曜日の夜にという、美咲さんからの強いお達しのようだからな」

「例のアメリカ兵と半グレの二人は週末の金曜日には、ほぼ店に顔を見せるはずだからって美咲さんはラインでいってたから――もし金曜日に二人が顔を見せなかったら、土曜日にもきてほしいって。もちろん、じいさんと私、それに比嘉さんの三人で打ち揃って」

これも強い口調でいった。

「まず俺たちを巻きこんでワンクッション置き、それから比嘉に現状を見せて、事実を納得させ、そのあとに詳細を話すとは、なかなか美咲さんも考えたもんだな。よほど切羽つまっているというか有無をいわせぬ作戦というか、そんなところだな。しかし……」

麟太郎はちょっといい渋る。

「今更ながらではあるが、高校生のお前を、酔っ払いの多い場所に連れていっていいものなのか――そのあたりが少し気になるんだがよ」

「私は気にしてないから、大丈夫だよ、じいさん。それに――」

はっきりした口調で麻世はいう。

「それはまあ、そうなんだろうが」

ぼそりと麟太郎はいい、

「それはそれとして――それにというのは何だ。その他にも何か理由があるのか」

麻世の顔をじろりと見る。

「最新の情報では、アメリカ兵のほうはやっぱりボクシングをやっていて、半グレのほうは沖縄空手をやっていると美咲さんはいってたから」

目を輝かせて麻世はいう。

どうやら、すっかり体は元に戻ったようだが、それにしてもボクシングと沖縄空手とは……鱗太郎は深い溜息をもらす。

「お前はまた、そんなやつらを相手に暴れるつもりなのか」

「暴れないよ。私は美咲さんと自分の身を護るだけだよ」

しれっと麻世はいう。

「何にしても、アメリカの兵隊というからには体もでかくて頑丈そのものだろうし、半グレの沖縄空手にしても本場の武術そのものだし——そんなやつらと闘って、お前は勝てると思っているのか」

鱗太郎の本音だった。

「勝てるかどうかは、わからない。だからこそ闘ってみたいんじゃないか。自分の技がどのぐらい相手に通じるものなのか」

きっぱりした口調でいう麻世を見ながら、こいつは根っからの武術者だと鱗太郎は思う。やはり常人とは思考が違うのだ。頭の天辺から爪先まで、常に命を懸けた本物の武人なのだ。

「とにかく」

　凜とした声を麟太郎はあげた。

「よほど切羽つまった事態でない限り、命のやりとりは許さん。そういうことだ、麻世。これだけは、きちんと肝に銘じておくようにな」

　嚙んで含めるようにいった。

「わかってるよ、ちゃんと――そんなことより、お昼は何を食べるんだ」

　さらっと話を変えてきた。

「お前は、何が食べたいんだ」

　思わず口に出すと、

「ソーキソバと、ゴーヤチャンプルー」

「そんなに食べられるのか、あんなに震えていたのによ」

　意地の悪い質問を麟太郎は、あえて口にして麻世の反応を窺う。

「それは……」

　麻世は麟太郎をじろりと睨み、

「私はじいさんと違って断然若くて、気力も体力も新鮮そのものの体だから」

　薄い胸を張りぎみにして答えた。

　新鮮そのものとはうまいことをいう……妙なことに感心しながら、この分なら体のほうは完全に大丈夫だと麟太郎は納得する。

結局麻世は空港内の食堂で、ソーキソバにゴーヤチャンプルー、さらに沖縄風チヂミのヒラヤーチーを追加注文して、すべてぺろりと平らげた。


名護の『比嘉総合医院』に着いたのは夕方の五時を回ったころで、この日の診察もちょうど終り、比嘉も居間に戻ってくつろいでいるときだった。

「なるほど、これが噂の麻世さんか」

比嘉は麟太郎と麻世を居間に通し、さんぴん茶をテーブルの上に並べてから吐息をもらすように口にした。

「確かに綺麗で、とびっきりの可愛らしさだ。うちの美咲と較べても——」

といったところで、比嘉はちょっと肩を落して黙りこみ、

「お前が麻世さんを、あちこち連れ回す気持はよくわかる。実によくわかるぞ」

少しの間を置いて、しみじみとした口調でいった。

「いや、連れ回すなどとは——そんなことより、お前のところの美咲さんも相当の美人だと俺は思うぞ。あれだけの美人の娘さんを持つと、いろんな意味で親代りのお前さんも、なかなか大変だろう。いや、察するに余りあるな」

疳高い声でいう麟太郎に、

「そうそう、お互い美人の娘を持つと大変だ。悪い虫がつかないか、誰かに誘惑されるんじゃないか、どこかで苛められてるんじゃないか——いろんな思いが胸に湧いて出て、心が安まる暇がない」

いつのまにか、麻世と美咲は麟太郎と比嘉の娘扱いにされてしまっている。

それから二人の娘自慢は三十分ほどもつづき、傍らに座る麻世を麟太郎がふと窺うと呆れ顔を浮べて天井を眺めていた。

「ところで」

ひとつ空咳をして、比嘉が真面目な表情で麟太郎を見た。

「電話では何か美咲のことで、緊急の用事ができたということだったが、それは例のあの件か」

遠慮ぎみにちらっと比嘉は麻世に目をやり、声を落していった。

「いや、あの件が進展したとかどうとかいう問題じゃあねえ、別の話だ。それから……あの件は御嶽(ウタキ)の夜の一件も含めて、麻世にもつつみ隠さず話してあるから、その点は気を遣わなくてもいいぞ」

「話したのか、御嶽の一件を麻世さんに——俺のほうはまだ、美咲に話してはいない。いずれ近いうちに話そうとは思っているが。いや、今はそれよりも——」

心配そうな様子で麟太郎を見た。

「それは俺の口からは何ともいえねえから、まずは当事者である麻世の話を少し聞いてやってくれ」

「麻世さんの？」

比嘉の視線が動いて、怪訝そうな目が麻世の顔を窺う。

「実は私、美咲さんが東京へやってきてからラインを使って近況報告などいろんな情報を交換してたんですけど」

麻世がぼそぼそという。

「美咲と麻世さんが、ラインを――それは何といったらいいのか。美咲は友達が少ないから、それは本当にありがとう。今後とも美咲のことは何卒（なにとぞ）――」

比嘉は麻世に頭を下げた。

「あっ、いいえ。私も変り者なので友達は少なくて、こちらこそ美咲さんにはお世話になって、本当にありがとうございます」

麻世も慌てて比嘉に向かって頭を下げる。

「それで、緊急な用事というのはラインを通じて美咲が麻世さんに」

「はい。そういうことなんですけど、詳しい内容は美咲さんの口から直接聞くのがやっぱり筋ですから――それで大雑把なことしかいえませんけど」

「大雑把でけっこう。教えてほしい、麻世さん」

比嘉は身を乗り出した。

「みんなで、『でいご』にきてほしい。そうすれば一目瞭然(いちもくりょうぜん)ですぐにわかる……そう比嘉さんに伝えてほしいと……詳細はそのあとに話すからと」

「『でいご』にみんなで——ということは男絡みの問題なのか。しかしそれをバイトに反対していた俺にいうと、それみたことかと責められるので、美咲は麻世さんと麟太郎を巻きこんで事を和らげようとした。そうとしか考えられんが」

比嘉はすらすらと絵解きをして、独り言のように口に出した。

「比嘉、怒るんじゃねえぞ。美咲さんにしても、よほど切羽つまった末の作戦だ。何とか丸く収めようとする」

できるだけ柔らかな声で、麟太郎は比嘉を制する。

「怒っちゃいない。ここは沖縄で美咲のバイト先は飲み屋だ。いずれこういう問題も起きてくるもんだと想像はしていた。ちょっと時期が早すぎただけだ」

悲しげな表情で比嘉はいい、

「なあ麟太郎、麻世さん。決して美咲を怒るようなことはしないから、詳しい事情を教えてくれないか。これでは蛇の生殺しで、苛々(いらいら)と心配だけがつのる」

麟太郎と麻世の顔を交互に見た。

しばらく沈黙が流れ、

「よしわかった。知っていることは全部話すことにする。といっても、あと残っている情報はわずかではあるが」

はっきりした口調で麟太郎はいった。

「じいさん！」

と麻世が大きな声をあげた。

「あのなあ、麻世。お前や美咲さんのようにまだ若い者には想像できねえだろうが、子を持つ親の気持というのは切ないものだ。たとえ何もないとしても、親は子のことを常に心配している、気にしている。ましてこんな状況だ。比嘉が心配して苛々するのは当然だ。俺だってもしお前が美咲さんと同じ状況に陥っていたとしたら、心配で何も手につかんことになる。そういうことだ、麻世」

麟太郎は淡々と話した。

「じいさん……」

麻世は掠れた声を出して、うつむいた。

そんな様子を目の端でとらえてから、麟太郎は比嘉と向きあった。

「事のおこりは、美咲さんが『でいご』でバイトを始めた直後——そのとき二人の男が美咲さんに一目惚れをした……」

と麟太郎は自分の知っていることをつつみ隠さず、比嘉に話して聞かせた。比嘉は身を乗り出し、それでも口は一切挟まず麟太郎の話を黙って聞いた。

「相手はアメリカーの兵隊と、半グレなのか――」

聞き終えた比嘉の第一声がこれだった。

「そうだ、普通の男なら何とでもなるだろうが、アメリカの兵隊に半グレとなると美咲さんを挟んでどんな争いがおきるか……美咲さんはそれをいちばん心配している」

「アメリカーの兵隊となると、キャンプ・ハンセンの海兵隊か……しかしあの基地なら、ゲートワンの前に金武の飲み屋街もあるし、なんでそこの兵隊がここのみどり街に――随分遠い距離になってしまうが」

首を捻る比嘉に、

「どこにでも新しもの好きや、珍しもの好きな連中はいるからよ。洋の東西を問わず、そんな臍曲りの兵隊がいたっておかしくはないんじゃねえか、なあ麻世」

麟太郎はこういって隣にちらりと視線を走らせるが、麻世は知らん顔だ。

「まあ、そういうことなんだろうな。しかし海兵隊というのは何か事がおきると、すぐに最前線に送られる部隊で、血気盛んというか命知らずの集まりというか――それに加えてもう一人は半グレって。よりによってそんな二人から美咲は」

比嘉は大きな溜息をもらした。

「美咲さんの話では、二人の間に血の雨が降るんじゃないかと、怯えていた……」

麻世が低い声で補足した。

「血の雨って、そんな――」

比嘉は叫び声をあげ、

「それなら、早いうちに警察にきてもらわないと」

麟太郎と同じことを比嘉は口にした。

「俺も最初そう思ったんだが、警察は何か事件がおきないと動かねえ。特に水商売関係の男と女の話にはよ。これは本土でも沖縄でも同じだと思う」

困った顔をする麟太郎に、

「そうか、そうだな。じゃあ、どうすればいい、何か打つ手は」

おろおろ声を比嘉はあげた。

「大丈夫だよ、おじさん。そのときは私が出ていくつもりだから」

麻世が身を乗り出した。

「おいこら、麻世。めったなことをいうんじゃねえ」

慌てて戒める麟太郎に、

「だって、警察が動かない物騒な揉め事ということになったら、ここでは私が出るしか仕方がないじゃないか」

麻世が吼えた。

「警察の代りに麻世さんが出ていくって、それはどういう……」

　比嘉がとまどいの声をあげた。

「いや、お恥ずかしい限りだが、以前にも話したようにこいつは喧嘩の達人というか、古武術の猛者というか。今まで何度も修羅場を……」

「その話は聞いてはいたが。しかし、こうして実際に顔を間近に見ると、この麻世さんが……」

　口をぱかっと開けて、比嘉は麻世を見る。

「喧嘩の達人の麻世でえす。よろしくお願いしまあす」

　薄い胸を思いきり張って、得意満面の顔で麻世は声を張りあげた。

「この手の話になると、すぐにこうして調子に乗ってくるやつだから、俺もこいつが心配で心配で。いったい、何をやらかすか」

　麟太郎は弱々しい声でいって、肩を落す。

「しかし何というか、この可愛いお嬢さんが……俺にはとても信じられないというか」

　何度も首を横に振る比嘉に、

「おじさんが相手なら、十秒もあれば殺すことができるよ」

　とんでもないことを麻世がいった。

「おいこら、麻世。仮にも医者が二人もいるところで、そんな物騒な言葉を口にするんじゃねえ」

さすがに麟太郎が一喝すると、麻世は舌をぺろっと出して首を竦めた。

「ところで、比嘉――」

麟太郎は比嘉の顔を真直ぐ見た。

「律ちゃんの消息のほうは、どうなってるんだ」

「律ちゃんは……」

呻くような声を出した。

「まったくわからん。いったいどこで、どうして……」

比嘉は両肩をすとんと落して、うつむいた。

かなり憔悴しきった様子に見えた。

麟太郎、比嘉、麻世の三人が、『でいご』に顔を見せたのは七時を少し回ったころ。開店してまだ少ししか経っていないのに、店内には数人の中年の男たちがいた。あるいはこの連中も美咲目当ての客なのかもしれない。

店の通路に立ったとたん、

「あっ、出た。麟太郎」

と泰子ママの素頓狂な声が耳に響いた。

ちゃんと名前を覚えていた。

「泰子ママ、久しぶりです。相変らずお綺麗な、永遠の二十五歳で」

厚化粧で唇の周りを真赤にした泰子ママに愛想のいい言葉をかけると、

「そうそう、私はいつでも青春残酷物語の二十五歳。しかしまあ、そういう麟ちゃんもけっこう老けたわねえ。そうだよね、比嘉先生」

と相槌を求めるように比嘉のほうを見た泰子ママの視線が、いちばん後ろに立っていた麻世の顔に移った。

「ええっ！」

瞬間、泰子ママの口から悲鳴があがった。

「あんた、名前なんていうの。ひょっとして美咲ちゃんの親戚か何かなの。そんな可愛い顔して、どっからきたの。どういう子なの」

すぐに中年男たちの視線が、麻世に向かう。どよめきがあがった。視線は麻世の顔に釘づけだ。

「あっ、私は沢木（さわき）麻世といって、美咲さんの友達です」

小さな声でいって、麻世はわずかに頭を下げる。

「美咲ちゃんの友達か。道理で可愛いはずだわよね」

何の根拠もないことをさらっといい、

「麻世ちゃん。あんた、うちで働かない。美咲ちゃんと二人でカウンターに並べば、天下無敵。鼻の下を伸ばした男どもが、どんどん集まってくる」

勧誘の言葉を出すと同時に、客たちの間から拍手が湧きおこった。

「あの、私の家は東京なので、それはちょっと無理です」

困惑顔で麻世はいう。

「あら、つまんない。でもこっちに引越してくれれば、働くことは可能よ。ねっ、この際思いきってそうしたら」

能天気なことをいう泰子ママに、

「ママ、それはいいすぎ。駄目なものは駄目だから」

カウンターの端に立っていた美咲が、初めて声をあげた。

「まあ、そうかもしれないけど……とにかく麟ちゃんたちは奥の席に座って。比嘉先生と麟ちゃんは泡盛（アワモリ）の水割りで、麻世ちゃんはさんぴん茶、それともジュース」

泰子ママの声に「さんぴん茶」と麻世は答え、カウンターの上には軟骨ソーキのお通しとオシボリ、それにそれぞれの飲み物がすぐに置かれた。

みんなで乾杯したあと、

「美咲。話は全部聞いた」

と比嘉が重い声を出した。

「えっ、そうなの！」

上ずった声を美咲があげると、

「申しわけない。俺が全部話した。いかにも悲しそうな顔の比嘉がかわいそうで、隠しきれなくなってよ。でもよ、たとえ実の子でなくっても、それが本当の親心ってえもんだ。察してやってくれよ、美咲さん」

麟太郎自身も悲しげな面持ちでいった。

「それは、よくわかります」

首をたれる美咲に、

「心配するな、美咲。俺は怒っちゃいない。ただ、これからどうするのがいちばんいいのか、みんなで考えるために、ここにきたんだ」

比嘉はかすかに笑みを浮べていった。

「はい、すみませんでした。おじさんには迷惑ばかりかけて」

美咲は頭を思いきり下げた。

「そんなことより、その男たちは本当に今夜ここにくるのか、くるなら、いったい何時頃ここにやってくるんだ」

強い調子の比嘉の言葉に、

「多分、もうすぐ……」

と美咲が蚊の鳴くような声をあげたとき、大きな音がして入口の扉が開いた。

髪を茶色に染めた、引きしまった体の背の高い男が入ってきた。外国人ではない、日本人だ。となると——。

「おい美咲、きてやったぞ」

男は叫ぶようにいい、カウンターの真中あたりの席に座った。

そして気になる言葉を口にした。

「わざわざ、バイキンのお前に逢(あ)いによ」

男は妙な笑いを片頬に浮べた。

第六章　隔離病棟のなかで

昨日とは打って変って、空は真青に晴れわたっている。

麟太郎は麻世と二人だけで比嘉の家を出て、屋我地島にある『沖縄愛楽園』にタクシーで向かった。屋我地大橋を通って島に入ったのが昼の十二時少し前。そのまま愛楽園の前まで行ってタクシーを降り、近くの食堂に入って、まず昼食を摂ることにした。

「園のなかには二人で入るが、資料館である『交流会館』にはお前一人で行って、気のすむまで展示してあるものを見てこい」

ソーキソバの定食を食べ終えた麟太郎は、淡々とした調子で麻世にいう。

「わかった――」

これも食事を終えた麻世が硬い声を出して、小さくうなずく。

「行く前にハンセン病の基本的なことだけを話しておく……今現在を例にすれば、日本ではハンセン病はほぼ根絶されて患者数は極めて少数だが、世界に目を向けると、まだ二十万の人がこの病気で苦しんでいるのも確かだ」

麟太郎は麻世の顔を真直ぐ見すえた。

抗酸菌の一種によって発症するハンセン病は皮膚や末梢神経が侵される、慢性型の感染症だった。

このため知覚麻痺（まひ）が生じて熱さや痛みを感じなくなり、火傷（やけど）や怪我などの外傷が多発することになる。また神経系統が侵されることによって顔面や手足に引きつれが起き、容貌や体形に変形をきたすことにもなった。そしてこれが人々に誤解を与える、一番の要因ともいえた。

「顔の形が変るの！」

麻世が高い声をあげた。

「残念なことだが、これは事実だ。もちろんすべての人がそうなるわけではないが、なかにはそういう症状の人もな……こんなところから、ハンセン病は難病という誤解が生じ、世の中の人々は罹患するのを怖れてハンセン病患者を忌み嫌い、差別するようになってしまった。悲しいことだがよ」

「差別……」

唸るような声を麻世が出した。

「麻世も小学生のころは貧しさゆえの差別を受けてきたようだが、この人たちの差別はそんな生易しいものじゃねえ。人間としての尊厳を根底から否定する、悲しすぎるほどの差別だ」

　麟太郎は小さく首を振ってから、

「しかし、前にもいったようにハンセン病は極めて弱い感染症で、一緒に生活をしていた家族のように、よほど長期的で濃厚な接触をしない限り罹患することはねえ。これは医学的にも証明されているし、何よりハンセン病の患者の治療にあたっていた療養所の医師や看護師に発症した人間が一人もいないということからも、それは一目瞭然の事実だ」

　噛んで含めるようにいった。

「それなら、それを声を大にしていえば、そんな差別なんか収まるんじゃないのか」

　叫ぶような声が耳を打った。

「人間というのは弱い生き物でな。いったん思いこんでしまうと、それを覆すことはなかなかな。世間ではいつのまにか、ハンセン病は遺伝性の強力な感染症だという烙印(らくいん)が押されてしまった……」

　麟太郎の声が掠れた。

「そんなこと……」

　麻世も泣き出しそうな声だ。

「そして、そんな烙印を押させる大きな要因のひとつは、ハンセン病に対する国の対応にもあった」

「国の対応って……」

怪訝そうな表情を浮べる麻世に、

「それも含めて、展示されているものをじっくり見てこいということだ、麻世」

麟太郎は麻世を見据えていった。

「わかった。納得がいくまで、じっくり見てくるよ、じいさん」

大きく首を縦に振って麻世は答えた。

このあと麟太郎は麻世と一緒に園のなかに入って二手に分かれた。麻世は資料館に向かい、麟太郎は施設の裏手に回って、納骨堂のあるあたりでその帰りを待った。

よほど真剣に見て回ったのか、麻世が麟太郎の前に戻ってきたのは、二時間以上が過ぎてからだった。

顔色が悪かった。

「何だよ、あれ……」

一言、ぼそっといった。

「大変な病気には違いないけど、それにしたって」

睨むような目で、麟太郎を見た。

「そうだな。死病ではないが、大変な病気には違いない——四千年もの前から人類がハンセン病と闘いつづけてきたのは事実であり、有効な治療方法がなかったのも確かだ」

麟太郎はちょっと言葉をのみこみ、

「明治時代から昭和の中頃までは大風子油（だいふうしゆ）というのが治療薬として用いられたが、ほとんど効果はなかった。しかし、アメリカで使用されたプロミンという薬がハンセン病に対して劇的な効果を持つことが、このころ確認され、日本でも太平洋戦争以後はこの薬を用いて、ハンセン病は完全治癒することが確実に立証された」

静かな口調で後をつづけた。

「そんなことは今、見てきたばかりだから大体わかってるよ。私のいいたいのは、そういうことじゃなくて」

麻世がまくしたてた。

「麻世のいいたいことはわかってる。そういった特効薬が発見されても、過激な差別はなくならず、沢山の人たちが非人道的な仕打ちにさらされてきた。そういうことだな」

低すぎるほどの声を麟太郎は出した。

「そうだよ。大人はもちろん、小学生や中学生ほどの子供たちまで、ハンセン病と診断されると親許から強制的に引き離されて、こういった施設に送りこまれたんだ。酷いよ、酷すぎるよ」

麻世の目は潤んでいた。

「小学生っていったら、本当に、ほんのちっちゃな子供で普通ならお母さんにくっついて、まだまだ、甘えていたい真っさかりのころだよ。それが泣いたって喚いたって家族の許に帰ることは叶わなくて、諦めるより術はなくて歯を食いしばって」

麻世は静かに泣いていた。

どうやら、程度は違うが自分の小学生のころを、麻世はその子供たちに重ね合せているようにも感じられた。

「すまねえな、麻世。俺たち大人が不甲斐ないばかりによ。特に俺たちのような、医療従事者がよ。本当にすまねえ」

麟太郎は麻世に向かって、深く頭を下げた。

「何も、じいさんがそんなふうに謝らなくても。別に私はじいさんを責めてるわけじゃないから」

首を何度も振る麻世に、

「いや、俺を始め、責任はすべての大人にある。大人が小さな子供を泣かせちゃ駄目だ。諦めさせちゃ駄目だ。そんなことをさせないようにするのが俺たち大人の……」

麟太郎も鼻の奥が熱くなるのを感じた。

政府がハンセン病の予防法を制定したのが昭和六年。これによってハンセン病と認定された者は男女を問わず、子供から大人まですべての人間が強制的に日本各地の療養所に送りこまれて隔離されることになった。

子供たちはその施設内にある学校に通わされ、大人たちのなかには、施設内の患者同士で結婚をして一生療養所を出ることも叶わず、生涯をここで終る者も少なくなかった。なかには施設からの脱走を試みる者もいたが、すぐに連れ戻されて監禁室に収容。食事抜きなどの懲罰が加えられたが、これは療養所の規則を破った者も同様だった。

このハンセン病の予防法が全面廃止されたのは一九九六年、平成八年のことだった。

「じいさん」

麻世が掠れた声を出した。

「資料館のなかには、夥(おびただ)しい数の作文や手記が並んでいたけど、私はそれを読んで、この資料館のなかのすべての空気が泣き叫んで震えているように感じられたよ」

「そうか。麻世には資料館のなかの空気が、泣き叫んでいるように感じられたか。そうか、そういうことなんだろうな」

麟太郎は独り言のようにいい、

「それからな、これがこの施設で亡くなった、ハンセン病患者の人たちの納骨堂だ」

傍らに建っているコンクリート造りの建物を手で示した。

「それは、私にもわかった」

「実の家族でも、周りの偏見や差別から、亡くなった人の遺骨の受け取り手がなかなかなくてな。だからこうしたものを造らざるを得なくてな」

麟太郎はその場所から少し歩いて、

「そしてこれが、この施設で赤ん坊を産み落した母子の碑だ。心を落ちつかせて説明文を読んでみろ。俺も、お前がいない間に何度も読んだ」

三個の石が一緒になった碑を麻世に示した。

真中の大石には『声なき子供たちの碑』の文字。

以前、比嘉のいっていた問題の碑だ。

麻世はいわれた通り、その説明文を読む。

「これって！」

すぐに悲鳴じみた声があがった。

説明文には、療養所内の不妊・堕胎手術の実態と患者の手記が――。

『看護婦さんは聴診器を当てて（妻の腹部に）注射を打つだけ。8カ月でした。（子供は）長い間泣いていましたね。今みたいに保育器に入れて適当な処置を施していたら、間違いなく生きていたはずです。』

「これって！」

麻世がまた、同じ言葉を口にした。

「国が実行した、断種政策だ。この病の遺伝子を持った子供を、この世に出すわけにはいかんという」

麟太郎は言葉を絞り出した。

「それが、断種政策……展示室にも同じような内容の手記があった。同じことが、あっちこっちで行われていたんだ」

「優生保護法の対象にハンセン病も入れられてな。その結果、療養所内の男女には子供のできなくなる手術が強制されて……そんななかでも子供ができてしまうこともあって」

麟太郎の声が震えた。

悲しくて悲しくて、しようがなかった。

「そんなこと、じいさん。人間のやることじゃないよ」

麻世が叫んだ。

「そうだな。とても、人間のやることじゃねえ。しかし、人間はやるんだ。いや、人間だから、やるんだ。悲しすぎるが、それが世の中の現実だ。だからといって、見て見ぬふりをしていたら駄目だ。何があろうと、人を殺すことだけは駄目だ」

いっているうちに荒々しい気持が、麟太郎の胸の奥に湧いてきた。

「じいさん――」

　麻世のはっきりした声が響いた。

「こんなことなら昨日の夜、あのクソ野郎をぼこぼこにしておけばよかった。対応が甘すぎて、今では後悔してる」

　クソ野郎とは昨夜『でいご』にやってきて美咲のことをバイキン呼ばわりした、金城秀治という若い男のことだ。

「そうだな。俺も少し甘かったかなと、今では思ってるよ」

　いつもなら麻世の過激な発言をすぐに戒める麟太郎が、逆に発破をかけるようなことを口にした。やっぱり麟太郎自身も気が昂(たかぶ)っているようだ。

「そうか、それなら東京へ帰るまでに、あいつのネグラに乗りこんで、勝負をしてきてもいいか」

　勢いこんでいう麻世に向かって、

「いいさ、やってこい、麻世」

とんでもない言葉が口から飛び出して、当の麟太郎自身が慌てた。

「きまりっ――あいつの性根はかなり腐っているようだから、腕の一本や二本はへし折ってやらないと反省はしないだろう」

　両の拳を握りしめて、物騒なことを麻世が口走った。

昨夜、バイキンという言葉を秀治という男が口にしたとき、真っ先に動いたのは親代りの比嘉だった。

「おい、あんた。今なんていった。いくら何でも若い女の子にいう言葉じゃないだろう。失礼すぎるだろう」

立ちあがった比嘉は押し殺した声を、秀治にぶつけた。手荒なことには慣れていないらしく、比嘉の全身は小刻みに揺れていた。

「何だよ、おっさん。あんたに、そんなことをいわれる筋合いはねえよ。年寄りは年寄りらしく、そこの隅っこでおとなしく安酒でも飲んでろ、莫迦野郎がよ」

余裕綽々(しゃくしゃく)で秀治はいって、せせら笑いを浮べた。

「筋合いは大いにある。私はこの子の身内であり、唯一の親代りでもある。美咲は私の実の子同然で、私にはこの子を守る義務がある」

「身内だと……」

瞬間、秀治の顔に、わずかに動揺らしきものが走ったがすぐに消えた。

「なるほど、美咲の一族だということは、あんたもバイキンだっていうことか。親子揃ってのバイキンの登場ということか」

このとき麟太郎は、ようやく理解した。

迂闊だったが、あの件だ。この金城秀治という男、比嘉の親戚筋にハンセン病の患者がいたことを知っているのだ。だからバイキン——しかし、なぜそんな美咲を困らせることをこの男は。

「何をわけのわからないことを、ごちゃごちゃいってんのよ。お酒は楽しく飲まないと、ねえ、秀ちゃん」

泰子ママの能天気な声が聞こえたが、どうやらママはバイキンの意味あいを知らないようだ。

「うるせえ、クソ婆あ。てめえも隅っこで安酒でも食らってろ」

「クソ婆あとは何よ。あんた、あんまりなことというと、この店の出入りを禁止するからそのつもりで物をいいなよ」

クソ婆あに反応したのか、今度は秀治に食ってかかった。

「だまれ、クソ婆あ。出禁だろうが何だろうが、俺にはそんなこと関係ねえ。きたいときにきて、飲みたいときに飲む。これ以上ぐちゃぐちゃいうと仲間を連れてきて、この店を叩っ壊すからそう思え」

この一言で泰子ママは沈黙した。

「おい、おっさん。俺は嘘をいってるわけじゃねえ、バイキンにバイキンといって何が悪い。これも世のため人のため。俺なんかさしずめ、正義の味方のようなものだ」

これはまずい。

麟太郎はそう思った。このままだと秀治はハンセン病の件を、ここでぶちまける恐れがある。泰子ママと、おそらくこれも何も知らない客の前で。そんなことになれば……これは何とかしなければと麟太郎が焦った瞬間、それまでおとなしく隣の奥の席に座っていた麻世が立ちあがった。

「物騒な兄さん、私も美咲さんの身内のようなもんだけど——どう、私と勝負をしてみない。一対一の」

平然といい放った。

秀治の視線が麻世の顔に張りついた。

驚きの表情が秀治の顔に浮んだ。

「これはまた、えらく可愛い姐ちゃんが、登場してきたもんだな……あんたも美咲一族の身内なのか」

「そうだよ。だから、体を張ってでも美咲さんを守ってみせるつもり」

麻世は凛とした声でいい、

「もし私が勝ったら、兄さんはこの店に出入り禁止。もちろん、美咲さんにも金輪際ちょっかいは出さない。でも、もし兄さんが私に勝ったら——」

じろりと秀治を睨んだ。

「俺が勝ったら、どうなるんだ」

面白そうに秀治がいった。

そのとき、ふいに入口の扉が開いてかなり大柄な外国人が入ってきた。

「ハーイ、美咲」

と機嫌よく声をかけて、空いている席に座りこんだ。

これが多分、キャンプ・ハンセンにいる海兵隊のエリック・ギルバートという男に違いない。外国人の年齢はよくわからないが、大体二十代のなかばほどで、日頃の訓練の成果なのか体は頑丈そうで引き締まっている。特に左右の腕は丸太のように太かった。

「エリック、てめえまたきたのか。あれほど美咲には手を出すなといっておいたのに、頭にくる野郎だな、てめえはよ」

秀治は怒鳴るようにいった。

どうやら二人はすでに、美咲を間に置いた知合いのようだ。

「あなたに、そんなことをいわれる筋合いは、まったくありません。オカド違いというものです」

エリックという男は、流暢とはいかないまでも、わかりやすい日本語でこう答えた。

「いつ出会っても、むかつく野郎だな。てめえってやつはよ——まあ今は取りこみ中だから大目に見てやるけどな」

秀治は麻世に視線を向け、

「ところで姐ちゃん、さっきの話のつづきだけどよ。俺が勝ったら、いったいどうしてくれるんだ」

催促するようにいった。

「この店にはいつきてもいいし、美咲さんに対しても、少々のことなら構わないということにしてやるよ。私の責任で誰にも文句はいわせないから、勝手気儘に振るまえばいいよ」

麻世はこういってから、ちょっと、すまなそうな顔を美咲に向ける。

「勝手気儘か。いいな、その言葉は——しかし、もうひとつぐらい、何かプレミアムがつけば乗ってもいいけどな」

妙なことを口にして、秀治もちらりと美咲の顔に目をやった。

「どうだ、可愛い姐ちゃん。もし俺が勝ったら、あんたのキスをプレミアムとしてつけるというのは。それなら俺も、この賭けに乗ってもいいけどな」

嬉しそうにいって、また美咲の顔に目を走らせるが、美咲はまったくの知らん顔だ。

秀治はちょっと失望感を顔に滲ませ、麻世のほうに視線を向けた。

「いいよ、私はそれでも」

何でもないことのように麻世がいった。

「よし、乗った。それでいったい何の勝負なんだ。俺は空手は二段の腕前だし、喧嘩慣れもしてるし、ガタイもでかいし——そんな俺と殴り合いをしても勝てるはずがねえだろうし。まさか、ジャンケンだなんて、いい出すんじゃねえだろうな」

麻世を見る目に力が入った。

「そんなことはしないよ。正々堂々の力の勝負だよ」

その言葉に麟太郎は思わず、麻世のほうを振り向く。

「おい、麻世。まさか本当に、あの男を相手に暴れるつもりじゃ。相手は、かなり強そうだぞ」

小声で訊いてみると、

「大丈夫だよ、暴れるつもりはないから。私がやるのは、いつものアレだから」

麻世も小声で答えてきた。

アレか、アレなら麻世でも大丈夫だ。アレなら——妙な納得を麟太郎はする。

「おい、何をごちゃごちゃ喋くってるんだ。力の勝負っていったい何だ。さっさといったらどうだ」

焦れたような声を秀治は出した。

「腕相撲——」

麻世が、よく通る声でいった。

一瞬、周りが静かになった。

次がどよめきと溜息だ。

秀治はもちろん、店の客から泰子ママ、それに美咲と、きたばかりの海兵隊のエリックまでが呆れた顔で麻世を見ていた。比較的平静を保っているのは麟太郎だけだが――その麟太郎にしても。

確かに麻世の腕相撲の強さは折紙つきだが、この頑丈な男を前にして……それに麻世は左利きなのだ。そのハンデを乗りこえることができるのか。

「正気か、姐ちゃん、女の細腕で俺のこの太い腕に勝てると思っているのか。それとも姐ちゃん。ひょっとして、あんた、単なる莫迦なのか」

とまどいの声を当の秀治があげた。

「腕相撲は何も、ガタイでするわけじゃない。そこには技もあれば、コツもある。女だと思って舐めてると、とんでもないことになるよ、兄さん」

真面目くさった顔で麻世がいう。

「確かに技もあれば、コツもあるだろうけど。それは同じほどのガタイの持主同士が闘うときに発揮されるもので、これだけ体の大きさが違ってくると、そんなものは」

首を捻る秀治に、

「それとも、怖気(おじけ)づいて、シッポを巻いて逃げるつもりなのか、兄さん」

挑発するように麻世はいった。

「莫迦いえ。こんな好条件に、怖気づくわけがねえじゃないか。ほんの少し、姐ちゃんを心配しただけのことだ。なら、まあ、お言葉に甘えさせてもらって、勝ちレースをやることにするか」

秀治の言葉に「ママさん、そっちへ行ってもいいですか」と麻世は泰子に断りを入れ、カウンターの内側に移動した。

秀治の前に立ち、右腕をカウンターの上にのせた。

「なるほどなあ。女にしたら腕も太いし、手も大きいほうだが、男の俺とやり合う手じゃねえな」

いいながら秀治もカウンターの上に右腕をのせ、麻世の右手をがっちりと握りこんだ。

「なら、その可愛い唇をいただくとするか」

嫌な笑いを浮べてから、秀治は腕にぐいと力を入れた。

が、麻世の右腕は動かなかった。

さらに秀治は腕に力を入れた。

やはり麻世の右腕は、びくともしない。

秀治の顔に困惑の表情が浮んだ。

渾身（こんしん）の力を右腕にこめた。

秀治の顳顬（こめかみ）に青筋が立った。

それでも麻世の右腕は動かなかった。

「じゃあ、行くよ」

麻世が小さく声をあげた。

その瞬間、秀治の右腕は、あっさりカウンターに押しつけられた。

麻世の完勝だった。

店内が歓声につつまれた。

秀治の顔は途方に暮れていた。

目が虚ろだった。

「いったい、何がおきたんだ。なんで俺が負けたんだ」

崩れるように丸イスに座りこみ、ひしゃげた声を出した。

「だからいったじゃないか。腕相撲には技もあれば、コツもあるって。私は正直にそれを実践しただけのことで、何の不思議もそこにはないよ」

「それにしたって……」

秀治の掠れ声にかぶせるように、

「私が勝ったんだから、約束通り、この店にはもうこないでよ。美咲さんにも変なちょっかいは出さないでよ」

はっきりした声で麻世はいった。

その声を聞いているのか、いないのか。秀治はのそりと立ちあがった。どうやら帰るつもりのようだ。ふらふらと歩き出す秀治の背中に向かって、麻世の声が再度飛んだ。

「ちゃんと、約束は守ってよ」

ちらりと秀治が振り返った。

「知るか、莫迦野郎。俺が負けたのは油断してただけで、ただそれだけのことだ。ちゃんと勝負をしてたら、俺の勝ちにきまってるだろうが」

怒鳴るような声に、すぐに傍らに座っていたエリックが、

「ファンタスティック！」

と叫んで大きな拍手をした。

「喧しい、能無しのアメリカーが。ぶち殺すぞ」

エリックの座っていた丸イスをばんと蹴とばして、秀治は店を出ていった。

また店内に拍手が湧きおこった。

その夜、比嘉の家に戻ってからもまた酒盛りが始まり、この腕相撲の件で話は持ち切りになった。

「凄いな麻世さん。あれにはいったい、どんな技とコツがあるっていうんだ」

泡盛のロックをちびちびやりながら、早速比嘉が訊いてきた。

「別段、技とかコツとかはありません。あれはただ単に周りの気の力と、しっかりと踏んばった地面の気の力が一緒になって生の力を生みだしただけです」

こんな話を麻世はするが、むろん比嘉に意味がわかるはずがない。それでも比嘉は、その意味を麻世に質そうとして、その繰り返しがつづく。

「ところで、なぜあの金城秀治という男は比嘉一族のハンセン病の件を知っていたんだろう。俺にはそれがわからねえんだが」

麟太郎は思いきって、その疑問を美咲にぶつけた。

「それは……」

美咲は一瞬いい淀んでから、

「あの子は、小学生時代からの私の同級生だったから、それで」

思いがけないことを口にした。

「そうか。いわゆるご近所のよしみというやつか。それでいろんな噂を耳にしていて、あの件も知っていた。そういうことか」

ようやく合点がいった。

「しかし、あの男はなぜ美咲さんのことを好きなくせに、あんな嫌がる言葉を口にしたんだろうな」

これも大きな疑問だった。

「あの子は成績も悪かったし、不器用だったし。あんな言葉や態度でしか、愛情表現ができないんだと思います」

きまり悪そうにいう美咲に、

「要するにあれか。小さいころ、自分の好きな女の子に対して、ことさら意地悪をするという――そういうことか」

納得したように口にする麟太郎に、

「実は小学生のとき、私にバイキンという渾名をつけたのも、あの子なんです」

消え入るような声で美咲はいった。

何の理由も、きっかけもなかった。

ただ、ことあるごとに、

「美咲んところはバイキンの家筋だから、みんな話をしたり遊んだりすると、そのバイキンがうつって大変なことになるぞ」

餓鬼大将だった秀治にこういわれると、みんなは逆らうこともできず、美咲は小学生のころから孤立して一人きりでいることが多かった。

そんなとき、美咲は一人で運動場の隅にあるブランコに座っているのが常だったが、そこへ秀治がやってきて何かと憎まれ口を叩き、それでも美咲と二人だけの時間が過ごせることを喜んでいるような様子だったという。

「とにかく、小学校、中学校では、バイキン、バイキンとあの子に苛められつづけて、私はけっこう悲しい思いを――小学三年生のとき、バイキンを退治してやるといって、体中に消毒液をかけられたときには悔しくて、思わずあの子を突き飛ばしたことも……」

美咲のこの言葉に、

「そのとき、あいつは、どんな態度をとったんだ」

麻世がこう聞き返した。

「いかにもバツの悪そうな顔をして、逃げていきました」

頭を振りながら、美咲はいった。

「屈折の塊だな、あいつは――しかし、小さいころからの苛めの元凶が、あいつだったとは。まったくもって許せんな」

呟くように麟太郎はいい、

「それにしても、もう一人のエリックという海兵隊の男は、あいつとは逆に、やけに静かな性格のようだったが」

そうなのだ。あのあと二時間ほどエリックはカウンターの端に座って、オリオンビールを静かに飲んでいただけだった。といっても三度ほど美咲を呼んで、何やら小声で話はしていたが。

「あのときはいったい、何の話をしてたんだ、美咲ちゃん」

麟太郎が何気なくこう訊くと、

「今度、どっかに行こうという、誘いの話です。そのたびに私は、さりげなく断っていましたけど」

「何だ。やっぱり、いうことだけは、ちゃんといってるのか、あいつは。それにしても、おとなしい男には違いないので少しは安心してるが」

酔いも手伝ってか何度もうなずく麟太郎に、

「それが、あの人はキャンプ・ハンセンの基地ではボクシングのヘビー級のチャンピオンらしくて、ただ単におとなしいだけの人ではないような気もします」

美咲が首を傾げていった。

「海兵隊のヘビー級のチャンピオンなのか、あの男は。ということは、相当強いということなのか」

すぐに麻世が反応して、こんな言葉を口走った。

「おい、麻世。お前、そんな強い男と事をおこすつもりじゃねえだろうな」

麟太郎は、すぐに戒めの言葉を口にしてから、

「やるなら腕相撲にしておけ。お前の腕相撲の強さだけは何度も見ていて、安心できるからよ」

酔いがきているのか、両目を閉じて体を揺らしながら、それでも、はっきりと麻世に釘を刺した。

「ところで、麻世」

母子の碑から視線を移し、こほんとひとつ空咳をして麟太郎は神妙な声を出した。

「昨夜、俺がちょっと飲みすぎちまって、うつらうつらしているとき、お前と美咲さんは何か気にかかるようなことを話していたような気がしたんだが、あれはいったい、何の話をよ……」

恥ずかしそうな口調でいった。

「けっこう大事な話だったので、いくら酔っぱらってでもじいさんのことだから、聞くべきところは、きちんと耳に入れているものだと思って安心してたんだけど……ふうん」

いかにも嬉しそうに麻世はいった。

「こら、麻世。大人をからかうんじゃねえ。こうやって素直に聞いてなかったっていってるんだから勿体ぶらずに、さっさと話せ」

仏頂面で麻世を睨むが、いつもの迫力には欠ける。

「はいはい、ちゃんと話すから。聞き違いのないように、今度はしっかり頭に叩きこんでよ、じいさん」

　子供をあやすようにいって、麻世は昨夜の美咲とのやりとりを麟太郎に話し出した。

「ところで美咲さん、私にはあの半グレとの件で、ちょっと訊きたいことがあるんだけど」

　と麻世はまず、怪訝な眼差しを美咲に向け、

「あれだけ嫌なことをいわれれば、普通なら頭にくると思うんだけど、怒りもしないでおとなしくしてるのが、私にはよくわからない。あの半グレに対して甘いような気がしてならないんだけど」

　気になっていたことを、ずばりと訊いた。

「それは」

　美咲は一瞬口ごもってから、

「あの子のお父さんが何というか、若いころ『でいご』の常連で、私のお母さん目当てにけっこう通いつめていたという話を、以前耳にしたことがあって……その当時のことを、そのお父さんからいろいろ聞かされたと、あの子が意味ありげな口調でいってたから」

　消え入りそうな声で答えた。

「それはつまり、美咲さんのお母さんの律子さんが当時、誰とつきあっていたのかとい

うこととか……そういうことを」

　ちょっといい辛そうにいう麻世に、

「そう。でも、肝心なそういうことに関しては、なかなかあの子、話してくれなくて。だから、あんまり怒らせてもと思って騒ぎ立てないように」

　美咲も掠れた声で答えた。

「その張本人の、あいつの父親っていうのは今、どうしてるんだ」

　比嘉が身を乗り出してきた。

「残念ながら、二年前に心臓発作で亡くなったとかで、今はもう」

　美咲は首を左右に振って、うなだれた。

「ということは、その件で何かを知っているかもしれないのは、あの秀治という半グレだけ。そういうことになるのか」

　独り言のようにいう麻世に、

「そう、だからね……」

　ぽつりと美咲は答えた。

「それにしたって、その何かを知っているということが、本当とは限らないんじゃないか。お前の気をひくために、口から出まかせってことも考えられるぞ」

　比嘉が吐き出すようにいった。

「そうも考えたけれど、私にはあの子が嘘をいっているようには……どんなことかは見当もつかないけれど、何かは知っている。勿体ぶってなかなかいわないけれど、そのうち多分、恩着せがましく口にするような気が」

何かにすがるような口振りで、美咲は比嘉と麻世に向かっていったという。

「なるほどな――」

一連の話を聞き終えた麟太郎は、麻世の顔を見て大きくうなずいた。

「美咲さんにしたら、自分の父親が誰であるか知りたくてあの店で働き始めたようなものだから、その手の情報は喉から手が出るほど知りたいよな」

はっきりした声でいい、

「しかし、親子二代揃って、これも親子二代揃っての女性を好きになるとは、何だかややこしい限りではあるな。もっとも、親子なのだからよく似た女性を好きになるというのも、うなずけんこともないのか」

ややこしそうにいった。

「何にしたって、あの半グレがそう簡単にその情報を美咲さんに話すとは、私には到底思えなくて」

「そうだな。あいつにしたらせっかくの切札なんだから、ここぞというときに、何かの交換条件を出してようやくな」

麟太郎が渋い表情を浮べると、

「何だよ、その何かの交換条件って」

じろりと麻世が睨んだ。

「それはまあ、何らかの取引きというか、何というか。まあ、ろくでもない話だろうとは思うけどよ」

むにゃむにゃと言葉を濁す。

「だから――」

ふいに凜とした声を麻世があげた。

「それも含めて、手っ取り早く片をつけたほうがいいと思って」

ぎょっとした目を麟太郎は、麻世に向ける。

「あいつとタイマン張って、有無をいわせぬ勢いでその件も聞き出してやろうと思ってるんだけど」

物騒なことをいい出した。

「タイマンって、麻世。お前はあいつの居場所を知ってるのか。あいつの家に乗りこむつもりでいるのか」

「そんな失礼なまねはしないよ。ちゃんと礼儀正しく、あいつの習っている空手の道場に行って試合を申しこむつもりだよ。美咲さんの話によると、あいつは強さに対しては人並以上の執着心があって、金曜日か土曜日には必ず道場に行って腕を磨いているらしいから。幸い今日は土曜日だし、これを逃す法はないと思うよ。大体の場所も美咲さんから聞いてきているし」

立板に水を流すようにいった。

「道場に行って試合を申しこむって――しかし、そんなことをすれば、門人たちに寄ってたかって袋叩きにされるんじゃないか。そうなったら、いかにお前だって」

心配そうな表情を顔一杯に浮べる。

「いくら何でも、そんな無茶なことにはならないと思うけど……もしそうなったとしたらこれで」

左の胸の辺りを麻世は、ぽんぽんと叩いた。

持ってきているのだ。

あの、麻世のお守りともいえる特殊警棒を、上衣の左の部分に忍ばせて。あれを手にして、柳剛流のメインともいうべき剣技で多勢の敵に向かっていくつもりなのだ。

「しかしお前。そんなことをして警察沙汰にでもなったら、大変なことに」

制するようにいう麟太郎に、

「そうならないように、礼をつくして道場に行くんじゃないか。それに、いざとなったらじいさんも得意の柔道で」

何でもないように麻世はいう。

「そりゃあ、まあ、一人や二人ぐらいなら、いくら年を取ったといっても……」

思わずこんなことをいって、麟太郎は慌てて口をつぐむ。

「大丈夫だよ。うちにも道場破りは時々くるけど、そんなときはきちんと作法に則って丁寧に相手をさせてもらっているから」

「くるのか。この現代の世の中に」

驚いた口調で麟太郎はいう。

「くるよ。いつになっても、腕自慢はやっぱりいるから。それに――」

じろりと麻世は麟太郎を見てから、

「じいさんも私も、しょっちゅう沖縄にはこられないから。今度こられるとしたら、五月の連休ぐらいだろうから。それならまず、目の前にある厄介事をさっさと片づけるのが一番のような気がするけど」

正論じみたことを口にした。

こられないなら、まず目の前のこと――麻世のいうように今回沖縄にいられるのは明日の日曜日まで。それですべてが解決するはずもなく、次は五月の連休ぐらいにしかこられない。

それにしたって、肝心の律子の行方がわからなければ、どうしようもない。と考えていて、やっぱり麻世はまた五月に沖縄にくるつもりなのだと、麟太郎は小さな吐息をもらす。

「それから、さっき」

よく通る声を麻世が出した。

「こんなことなら、あいつをぼこぼこにしておけばよかった。あいつのネグラに乗りこんで勝負をしてきてもいいかといったら、やってこい、麻世と、じいさんは確かにいったような気がするんだけど。あれは何だったんだろうな」

決定的な言葉を麻世は口にした。

「それはまあ、そういったことは確かではあるが。あれはまあ、何といったらいいのか、言葉の勢いというか」

弁解じみた言葉を並べてから、

「それならだ、さっきお前がいったように作法に則ってだな、できるだけ荒事にならんように穏便にだな——しかし、そういうことになりかけたら俺がなかに入って、とりなすようにするから、お前もそのつもりでな」

麟太郎が折れた。

こうなったら、もしもの場合は身を投げ出してでも、その場を収めなければと悲壮な思いを自分にいい聞かせながら。

きたとき同様タクシーに乗りこみ、勝手のわからない名護の町を麟太郎と麻世は、その空手道場に向かう。

美咲の話では名護市の兼久公園の近辺ということだったのでそこでタクシーを降り、周りを歩きまわる。

見つかったのは十五分ほど後だった。

「あった！」

と麻世が叫ぶような声をあげた。

麻世の指差すほうを見ると、石垣を巡らせた大きな平屋が建っていて、その玄関口に木製の看板がかけてあった。

近づいてみると雨風のために薄くはなっていたが、『空手道・真殿流本家』の墨文字がはっきり読めた。

「何だか私の通っている柳剛流の道場と雰囲気が似ている。どう見たって、個人の家のようだし」

独り言のようにいう麻世に、

「おそらく昔から連綿と受け継がれてきた、この流派の宗家の住まいなんだろうな。だから、麻世の通う道場とここは様子が似ているんじゃねえのか」

麟太郎も納得したようにいう。

「美咲さんの話では、何でも琉球王朝に伝わっていた技を受け継いでいる、由緒ある流派だということらしいけど」

「それなら安心だ」

麻世の言葉に、すぐ麟太郎は反応する。

「琉球王朝がらみなら、いくら何でも無法な荒事にはならねえだろ。いや、よかった。安心した」

ほっとしたような表情を浮べる麟太郎を促し、麻世が先に立って古い門をくぐる。踏石が真直ぐ並んでいてその正面にはこの家の玄関があったが、途中から踏石は枝分れして裏手につづいていていた。

「多分、こっちだと思う」

といって麻世は躊躇なく枝分れした踏石を選んで裏手に進んだ。むろん、麟太郎もその後につづく。

古びた道場があった。

引戸はなく、正面には目隠しのように何かの葉で編んだような衝立があった。なかからは威勢のいい掛け声が聞こえてくる。

「行くよ、じいさん」

麻世が低い声を出した。

麟太郎の体に緊張が走る。

麻世が声を張りあげた。

「お頼みいたしまあす――」

何となく古風ないいようだ。

すぐに麟太郎たちの前に空手着をまとった若い男が顔を見せた。まだ白帯だ。

「こちらに金城秀治さんがいらっしゃると聞いて伺ったのですが、どうなのでしょうか」

麻世には似合わぬ、丁寧な口調でいった。

「あっ、いますよ。呼んできましょうか」

若い男は無造作に答え、麻世がうなずくのを見て道場のなかに戻っていった。

少しすると秀治が現れて、麟太郎と麻世の前に立った。こっちは黒帯だ。それも年季が入っているらしく、縁がすり切れている。

「何だ、お前ら、こんなところまで何しにきたんだ」

睨みつけた。顔には怪訝な表情が思いきり浮んでいる。

「あんたと勝負をしにきた。つまりは他流試合だ。どうだ、受けてくれますか」

凜とした声でいった。

「俺と勝負だと。ふざけんなよ、莫迦女。腕相撲に勝ったぐらいで調子に乗るなよ。ちょっと可愛いからって、男を舐めるんじゃねえ」

荒っぽい言葉を麻世にぶつけた。どうやら由緒ある琉球王朝ゆかりの武術も、秀治にかかっては関係ないようだ。

「その腕相撲に負けても、あんたは約束を守るかはっきりいわなかったから、こうして鬼退治にやってきたんだ。どうするんだよ、あんた。受けて立つのか」

麻世の言葉も段々荒っぽくなってきた。

嫌な予感が麟太郎の体を突き抜ける。

「女のてめえにこれだけ虚仮にされて、引き下がるわけがねえだろうがよ。幸い先生も今はいねえし、ちょいちょいとかわいがってやるから有難く思え」

秀治が吼えた。

が、麟太郎の胸は穏やかではない。今、秀治は先生がいないといった。そんなところでぶつかりあって……。

「おい麻世、大丈夫なのか。責任者が不在なようだけど」

オロオロ声を出した。

「大丈夫だよ。私はこういう状況には慣れてるから。心配いらないよ」

少しずれた返事が耳を打った。

「てめえもそれだけ大口叩くなら、何か格闘技をやってるんだろうな」

　秀治が探るような目を向けた。

「聞いてもわからないだろうけど、日本古来の武術で柳剛流という体術だよ」

「柳剛流だと……」

　秀治は一瞬きょとんとした表情を浮べ、

「何でもいいが、ぼこぼこにしてやるから道場にあがれ。その可愛い顔が砕けても知らねえからな」

　残忍そうな笑みを投げつけた。

　麟太郎の体がすうっと凍えた。こいつは本気でやる気だ。百八十センチ近い体は筋肉の鎧そのもので、岩のように硬そうな左右の大きな拳は分厚い巻藁ダコにおおわれている。

「瓦、十枚――」

　右手を突き出して得意げにいう秀治の言葉を耳に、麻世と麟太郎は板敷の道場のなかに踏み入る。

　広さは四十畳くらいで、壁には六尺ほどの羽目板が張り巡らしてあったが、その上は風通しをよくするためか何もない空間になっていた。どうやら沖縄特有の造りのようだ。

　道場内には白帯黒帯、合せて十人ほどが稽古をしていた。その門下生たちに、

「これから、この姐ちゃんのたっての頼みで模範試合をやることになった。だから、お前らは壁際に寄って見学するように」

秀治は大声を張りあげた。どうやら秀治はこの道場ではかなり上の位置にいるようだ。秀治の一言で門下生たちは、さっと壁際に下がって正座した。

「なら、やるか。可愛い姐ちゃん」

道場の中央に立って秀治が声をあげた。

靴下を脱いだ麻世は、はおっていた上衣も脱いでTシャツにジーンズ姿になる。

「じいさん、この上衣預っててくれるか。なかに例の警棒が入ってるから。そんなことにはならないと思うけど、もし門下生に険悪な動きを感じたら、警棒を私に放ってほしい」

麻世は小声でそういって、上衣を麟太郎に手渡した。

「それは、まあいいが。本当に麻世、大丈夫なのか。あいつ、けっこう強そうだがよ」

道場の中央に立った秀治は盛んに宙に向かって、空突きと空蹴りを繰り返している。そのたびに稽古着がばしっと音を立て、いかにも余裕のある様子だ。

「大丈夫だよ、じいさん」

麻世は強い口調でいってから、

「私は元、筋金入りのヤンキーだったから」

低すぎるほどの声を出した。

麻世がゆっくりと、道場の中央に向かって歩く。秀治の手前まで行って深く頭を下げて礼をするが、秀治は知らん顔だ。

間合は四メートル。

何の前触れもなく、試合は始まった。

秀治は両拳を中段に構え、じりじりと麻世に近づく。

麻世は動かない。

さらに秀治は間をつめる。

麻世はまだ動かない。

秀治が間境いを越えた。

一気につっかけた。

フェイント気味に左の蹴りを放つと同時に、左右の正拳突きが唸りをあげて麻世の顔面を襲った。が、麻世はそこにはいない。

すっと右側にずれたと思ったら、麻世の右の回し蹴りが秀治の脇腹に飛んだ。

秀治の動きが止まり、棒立ちになった。

ゆっくりと両膝をついた。

「それまで」

どこからか声が飛んだ。

その声が合図のように、秀治はその場に崩れ落ちた。一撃だった。

麟太郎が麻世の上衣を手にしてそばに走り寄ると同時に、小柄な老人が近づいてきた。声の主だ。

白髪頭に麦藁帽子をのせ、畑仕事でもしていたのか、汚れた作業衣を着て首にタオルを巻いている。かなりの高齢に見えた。

「おおい、バケツに水」

門下生たちに向かって声をあげた。

「すまんのう。ここの道場主で、金城尚高（しょうこう）といいますがの。何がどうなのかはわかりませんが、おそらくこの莫迦がまた、ご迷惑をおかけしたんだろうなあ」

飄々（ひょうひょう）とした調子で金城尚高と名乗った老人は、麻世と麟太郎に深々と頭を下げた。

「金城といいますと、ひょっとしてこの秀治君とは……」

麟太郎が思わず声をあげると、

「親戚筋にあたりますのう。その縁もあって、このクソ坊主を預っておりますが、なかなか性根のほうがのう」

尚高は皺（しわ）だらけの顔を崩して、ほっほっほと笑った。温和な顔だった。

そこへ門下生が水の入ったバケツを持ってきた。尚高は首に巻いていたタオルをそこに入れ、秀治の顔の上でぎゅっと乱暴に絞った。それから抱きおこして首根に水をかけ、背活をどんといれた。

二度の背活で秀治は目を覚ました。

「あっ、おじい。俺は、俺は……」

きょとんとした顔で、尚高を見た。

「お前は、このお嬢ちゃんに負けたんだよ。初手のつめの甘さから、すでに負けておった。お嬢ちゃんが手加減してくれたからよかったものの、そうでなければ肋が三本ほど折れとるわい。完敗だの」

ということは、尚高は二人の試合を止めもせずに静観していたということになる。結果からいえば大事にならずに済んだものの、それにしても武術者というやつは……麟太郎は小さな吐息をもらす。

「何が原因なのかは知らんが、これ以上無体なことをすれば、わしは御先祖様に申し訳が立たなくなり、お前を殺すことになるやもしれん。このこと肝に銘じておけ」

じろりと秀治を睨みつけた。

温和な表情は消えていた。

鬼の目だった。

「あっ、はい」

怯えた声を秀治があげるとすぐに、

「負けたことがわかったのなら、あの約束はちゃんと守ってくれるんだろうね」

すかさず麻世が声を出した。

「ちょっかいを出すのはやめる……でも」

泣きそうな声を秀治はあげた。

「俺は小さいころから美咲のことが好きで好きで。けど本心をいうのが恥ずかしくて、苛めたり困らせたり……だから、あの店に顔を出すことだけは許してくれねえか。顔を見るだけで、絶対に何もしねえから」

哀願するようにいった。

やっぱり、そういうことだったのだ。

少し考えるような様子の麻世を見て、

「ほうほう、女子（おなご）の話かのう。いいのう若いもんは。いやあ、あやかりたいのう。いいのう、いいのう」

尚高が本当に羨ましそうにいった。

温和な顔に戻っている。

「いいよ、許してやるよ。その代り、あんたが知っている美咲さんのお母さんの大事なこと、きっちり話してみなよ」

押し殺した声で麻世はいった。

「それは……」

と秀治は一瞬上ずった声をあげてから、

「親父の話では、産み落した子供の父親は医者のようだと——そんなことを美咲のお母さんがぽろりと口走ったと」

甲高い声で一気にいった。

「医者……」

呟くように麻世は口にしてから、

「ということは、律子さんが美咲さんに話した内容と、ぴったり合致するということじゃないか」

じろりと麟太郎を見た。

「他には——」

低い声で麻世は秀治をうながす。

「それだけで他には、もうない。それが俺の切札だった」

首をたれた。

「何だか生臭い話になってきたようだが、それはそれとして、お嬢ちゃん」

温和な目が麻世を見ていた。

「あんた、えらく強そうだが。どうかの、この、おじいと一度立ち合ってみんかの」

なんと、尚高は麻世に試合を申しこんだ。

麻世の目が尚高の顔を、正面から見すえた。

「いいよ」

ぽつりと麻世がいった。

五分後。

麻世と尚高は、道場の中央で対峙（たいじ）した。

「行きますぞ、お嬢ちゃん」

尚高はのんびりした声をかけ、ひょこひょこと麻世に近づいた。

麻世は……どういう加減なのか、じりじりと後退（あとずさ）りを始めた。

そこへまた、尚高がひょこひょこと近づく。また麻世が後退りをする。その繰り返しの展開がつづいた。

「お嬢ちゃん。これでは試合には……のう」

その声に誘発されたのか、いきなり尚高の前に麻世が飛びこんだ。渾身の逆蹴りが尚高の水月（みぞおち）に飛んだ。が、そこには尚高はいなかった。わずかに右に回りこんで……さっきの秀治との試合と同じ展開だった。

尚高の右手が麻世の肩を、とんと突いた。

信じられないことだが、その軽い一撃で麻世は三メートルほど、ふっ飛んだ。起きあがって座りこんだ麻世は、呆然とした表情で宙を見つめている。そこへひょこひょこと尚高が近づいた。

「大丈夫かの、お嬢ちゃん」

優しげな声をかけた。

「私は負けたのか……」

呟くように麻世はいった。

「そうだの、そうらしいの」

「どうしたら、あんたのような動きができるんだ」

すがるような目だった。

「起こり、それから崩しだの」

訳のわからないことを、尚高は口にした。

「やっぱり起こりが重要なのか。崩しは、二の次か」

「そうだの。起こりが見極められれば、あとは何とでもなるからの」

「どうしたら、その起こりを見極められるんだ。それを教えてほしい」

訳のわからない会話がつづく。

「無理――」

ぼそっと尚高はいった。

「若すぎる。もっと泣いたり笑ったり、苦しんだり。そうして年を重ねればの」

そういって尚高はこくんと、うなずいた。

そのとき麟太郎が手にしていた麻世の上衣のなかで何かが振動した。スマホだ。麟太郎は慌ててスマホを取り出した。画面を見ると美咲からだった。麟太郎はそのままスマホを耳に押しあてた。

「すまない、美咲ちゃん。麻世は今、ちょっと電話に出られない状況だから」

というとすぐに、

「真野先生でもいいです——お母さんが『でいご』に現れたって泰子ママが」

切羽つまったような、美咲の声が響いた。

律子が、『でいご』に……。

麟太郎は思いきりスマホを、耳に押しあてた。

第七章　聖なる場所

麟太郎と麻世は、道場に横づけされたタクシーに向かった。

タクシーを呼んでくれたのは、道場の主の尚高だ——ついさっき。

「麻世っ、美咲さんから律ちゃんが『でいご』に現れたと連絡が入った。美咲さんと比嘉はすでに店に向かった。俺たちも、これから直行だ」

と麻世に向かって大声をあげる麟太郎に、

「何か徒ならぬことが、おこったようですな。それならタクシーをお呼びしましょうかの。通りに出て探すよりも、そのほうが確実かもしれませんのう」

と尚高はいい、麟太郎のうなずくのを見て、すぐに秀治に向かって顎をしゃくった。

そして、

「お嬢ちゃん。あんたは何やら、尋常ならざるものを持っているようだが……だが如何せん、臍が曲がりすぎとるようだ。それではなかなか起こりの察知はの。もっと素直になりなされ。心を平たくして穏やかにの。さすれば、起こりの察知も、案外早くに向こうからやってくるかもしれん」

八卦見のようなことを麻世にいった。

「やってくるのか、起こりは自然に」

上ずった声を出す麻世に、

「早くといっても、まず十年はかかると思うがの。まあ何事も、焦らず急がず、赤子の歩み。そういうことだの」

尚高は何でもないことのようにいう。

「十年……」

ぼそっと麻世はいい、

「起こりが察知できるようになれば、じいさんのように気の力も強くなれるのか。とんと突いただけで、相手を吹っ飛ばせるような」

勢いこんで訊いた。

さっき尚高が麻世を転がした技だ。

「そうさの。あんたも少しは気を操れるようだが、あの力も本人次第だからの。心を平たくして全身全霊、素直な気持で相手の前に立てばな。そうすればある日突然、自ずと上から降ってくるな」

神妙な顔でいった。

「気は上から降ってくるのか」

叫ぶような麻世の声に、

「さよう、起こりはやってくるし、気は降ってくる。まあ、両方とも災難のようなものだから、怖いのう。特に臍曲りにはのう」

と尚高が訳のわからないことを並べたてたとき「タクシーがきました」と表に行っていた秀治が戻ってきた。

「何があったかはわかりませんが、とにかくお大事にな」

尚高はそういってから、視線を真直ぐ麟太郎に向けた。凝視した。

「ふうん……」

それだけ口にして、尚高は麟太郎と麻世に腰を折るように頭を下げた。

麟太郎と麻世も尚高に一礼し、秀治の後について表に出て、タクシーに乗りこむ。窓から外を窺うと、秀治が仏頂面で頭を下げてくるのが見えた。

車が走り出すのを待って、

「なあ、麻世。さっき尚高さんが俺の顔を見て、ふうんと口にしたが、あれはいったいどういう意味なんだろうな」

気になっていたことを、口にした。

「ふうんは、ふうんだよ。じいさんを一言で説明すると、ふうんなんだよ。素直にそう受けとればいいんだよ、まったく」

一刀両断に斬りすてた。

こいつはやっぱり、駄目だ。

まだ、臍は充分に曲がっている。

そんなことを頭に浮べていると、

「そんなくだらないことより、じいさん。律子さんはまだ、『でいご』にいるんだろうな」

早口で麻世がいった。

「わざわざ店にきたということは、何か話があってだろうから。すぐに帰っちまうことはないんじゃねえか——しかしこれで、どうして姿を消したのか、いったい今までどこで何をしていたのか。すべてがわかるんじゃねえのか」

ほっとした思いで麟太郎はいう。

そして、美咲の父親の名前も……と考えたところで全身がぎゅっと縮こまるのがわかった。秀治は律子の相手は医者のようだと、はっきり口にしたのだ。となると、あの夜……もしそうだとしたら。麟太郎の胸に、律子と初めて会ったときの言葉が蘇る。

「私、おじさんを好きになるかもしれない」

麟太郎は腹を括った。

兼久公園から名護の城大通りを抜けて裏道に入るまで二十分。

タクシーを降りた麟太郎と麻世は急ぎ足で、『でいご』に向かう。

扉を開けて店に入ると、カウンターのなかに泰子ママ、その前に比嘉と美咲が浮かぬ顔で立っているだけで、律子の姿は見当たらなかった。

「律ちゃんは！」

叫ぶように麟太郎が声をあげると、

「ごめん、また姿を消した」

申しわけなさそうに泰子がいった。

「俺たちも今、きたばかりで途方に暮れているところなんだが……」

比嘉の低い言葉に、

「律ちゃんの前で美咲ちゃんに電話をすると、まずいかもしれないと思って、お客さんから電話が入ったから、ちょっと待っててと嘘をいってスマホを持って奥に――そこから美咲ちゃんに電話をしたんだけど、店に戻ってみるともう……」

泰子は小さく首を振った。

「それでママ、お母さんの様子は」

美咲が喉につまったような声をあげた。

「かなり、疲れているかんじだった」

疲れた口調で泰子もいった。

着ていたものは、いつもの白いシャツにブルージーンズ。さすがにアーミー風の上衣はつけていたが、全体的に薄汚れたかんじだったと泰子はいった。ここにいた時間も、ほんの五分程度だったとも。

「その五分の間に、律ちゃんはいったい、どんな話をママに――」

麟太郎は身を乗り出す。

このとき律子は――。

「ママ、長いこと留守にして、ごめんなさい。本当に迷惑ばかりかけて」

こんなことを、まず口にしたという。

「今までどこで、何をしてたんだい」

と訊く泰子ママに、

「沖縄中、あっちこっちを回っていた。理由はいえないけれど、まだ行くところがあるから、店には出られない」

低い声で律子はいった。

「家のほうには、何か連絡したのかい」

「それはちょっと……」

うつむく律子に、

「あんたを心配して美咲ちゃんは今、ここで働いてるんだよ。ほんのささいな情報でも得られないかということでね」

泰子は、美咲がここにいることを話した。

「美咲がここで……」

ふいに律子は目を潤ませた。

「あの子には、これまでずっと迷惑ばかり。勝手に子供をつくって勝手に産んで。あの子には、ずっと肩身の狭い思いをさせっぱなしで。本当にあの子には……」

大粒の涙が頰を伝っていた。

律子は肩を震わせて泣いた。

「律ちゃん、しっかりして、元気を出して。いつもの律ちゃんらしく、でんと構えて大らかにね」

これぐらいしか泰子には、いえる言葉がなかった。

このすぐあと、客から電話が入ったからと泰子は奥に行ったのだが、その背中に律子はこんな言葉を投げかけた。

「ママ、私、罰が当たったのかも……」

戻ってみると律子の姿がなかった。

これが律子とのやりとりのすべてだと、泰子はいった。

「ママっ」

話を聞き終えた比嘉が、嗄れた声を出した。

「律ちゃんは、罰という言葉を本当に口にしたのか」

切羽つまった表情だった。

「したよ、確かに罰といったよ」

泰子ママは怪訝そうに比嘉を見て、

「その言葉に何か心当たりでもあるのかい、比嘉先生」

すぐに問いかけた。

「心当たりはないが、何となく律ちゃんらしくない言葉だと思ってな。ただそれだけだよ」

さらりというが、麟太郎には奥歯に何か挟まっているようにも聞こえた。

「らしくないといえばそうだけど、そんなことより律ちゃんがいなくなって、もうそろそろ、ひと月だよ」

泰子ママはぷつんと言葉を切ってから、

「今までも無断で店を休んで、どこかに行っちまうことはあったけど、それも精々四日か五日。いくら長くても十日ぐらいだったけど、今回はちょっと長すぎる――そのうち出てくるだろうと高を括っていたんだけど、こうなってくると」

　四人の顔を順番に見回した。

「そうだな。俺もそのうち出てくるだろうと、高を括っていたところがあったことは確かだ。だが今回ばかりは」

　大きな吐息を比嘉はもらした。

　そうなのだ。あの律子のことだから、どこに行っても何があっても不思議ではない。そのうち、けろっとした顔で戻ってきて、冗談口を叩くに違いない。麟太郎も心の奥でそう感じていたのは確かだった。

「といって、警察をせっついても、子供じゃなくて大人ですからと、容易に動いてはくれないだろうし」

　比嘉は独り言のようにいってから、

「じゃあ、とにかく。ここはいったん家のほうに引きあげよう。ひょっとしたら、そっちに戻ってくるという可能性もないとはいえないから」

　こう話を結んだ。

「あっ、そうだね。で、美咲ちゃんは今夜、こっちへくるのかい」

　泰子ママの言葉に美咲はちらっと比嘉の顔を窺い見て、

「きます。こっちのほうにお母さんはまた、顔を見せるということも考えられますから」

小さくうなずいた。

それが合図のように麟太郎たち四人は、ぞろぞろと店の外に出る。

「ところで、比嘉。本当にこのまま家に戻ってしまうのか」

怪訝に思ったことを訊いてみた。

「いや、これから喫茶店にでも寄って、今までの話を検討してみたいと思っている。いくら何でも、泰子ママの前で内輪の話はできないからな」

はっきりした口調で比嘉はいった。

やっぱりそうなのだ。比嘉は泰子ママの前では話せないこともあって、家に戻るという口実で店を出てきたのだ。

「俺もそうじゃないかとは感じていたが……そういうことなんだろうな。まあ、俺のほうにも今日、例の空手の道場に行って、秀治君から重大な話を聞いてきたという報告もあるからよ」

「あの子に会ってきたの」

すぐに美咲が反応した。

「ああ、会ってきた。詳細はあとで話すけどよ」

麟太郎はそういって先頭に立ち、四人は商店街のなかを喫茶店を探して歩く。四、五分歩いて昭和の純喫茶風の店を見つけ、四人はそのなかに入り、奥の席に陣取ってアイスコーヒーを頼んだ。

冷たいコーヒーで喉を潤してから、

「じゃあ、まず、その空手道場の話から聞かせてくれるか」

比嘉が催促するようにいった。

「実は麻世が秀治君と、大立回りをやらかしてな」

と麟太郎は麻世と秀治の勝負のあれこれと、次に尚高が出てきて麻世に試合を申しこんだ詳細を二人に話して聞かせた。

「へえっ、あの子を一発で倒したって——麻世さんは凄いね」

感嘆の声を美咲はあげてから、

「それに、あの、おじいを引っ張り出すなんて、これも凄い。あのおじいは沖縄空手の文化財のような人で、なかなか他流の人とは試合をしないって、あの子から聞いてたけど、そんな人が——」

これも驚いたような口調だが、美咲はあの秀治と、いろいろなことを話してもいるようだ。

「それはそれとして」

比嘉が凛とした声を出した。

「その秀治君が口にしたという、重大なことというのはいったい何なんだ」

苛立ちが、ほんの少し混じったような口振りだった。

「それは――」

と麟太郎は細い声を出して、律子の相手は医者のようだったという秀治の言葉を正確に比嘉と美咲に話して聞かせた。

話し終えると周囲は一瞬、重い沈黙につつまれた。

「お母さんの相手は、医者……」

沈黙を破って美咲が掠れた声を出した。

ゆっくりと視線を麟太郎に向けた。

そして、もうひとつの目。

比嘉が麟太郎を凝視していた。

これは咎めの目だ。

「いや、申しわけない……何といっても俺には記憶のほうが」

嗄れた声をあげて麟太郎が素直に頭を下げると、

「えっ、何。記憶がないって……私には何のことなのか全然わからないんだけど」

美咲が困惑の声をあげた。

「麟太郎、例の一件。ここで話してもいいか」

比嘉が抑揚のない声でいい、麟太郎はこくっと小さくうなずく。

「というより、お前が話したほうが正確に状況は伝わるだろう。いい機会だから、お前自身の口で美咲に話してやってほしい」

そんな比嘉の言葉に、

「ああ、そうだな。何といっても当事者は俺だからな」

麟太郎は独り言のように呟き、あの律子との御嶽（ウタキ）の一夜を、ぽつりぽつりとした口調で話し出した。

四人のなかでこのことを知らないのは、真直ぐ麟太郎を見つめる美咲だけだった。比嘉は固く両目を閉じ、麻世は心配そうな顔つきで麟太郎を見ていた。

「真野先生が、お母さんと」

話を聞き終えた美咲が、上ずった声をあげた。心なしか両目が潤んでいるようにも。

「ということは、やっぱり、真野先生が私の……」

語尾が掠れた。

「美咲、推測臆測の話は、この際やめにしよう。何といっても麟太郎の記憶がないというのは事実で、本当のところはすべて藪（やぶ）のなかだ。あとは律ちゃんに話をしてもらうしかないんだが、律ちゃんは行方不明だ。つまりは振出しに戻った。そういうことだと俺は思う」

噛んで含めるように、比嘉はいった。

もう咎めの目ではなかった。いつもの比嘉に戻っていた。

「すまない、美咲さん。俺がいいかげんなばかりに、不快な思いをさせてしまって。本当にすまないと思っている」

麟太郎は深く頭（こうべ）を垂れた。すると、

「不快な思いはしていません。私はただ、本当のことが知りたいだけで。だから頭なんか下げないでください。そんなことされると、逆に悲しくなってきます」

美咲は視線を床に落しながらも、はっきりした口調でこういった。

「ああっ」と麟太郎が低すぎるほどの声を出すと、

「だから、考えても答えの出ない、この問題はもうおしまい。あとはおじさんが、泰子ママの前では話せないといっていた問題だけ。その話に移ろ」

落していた視線をあげ、美咲はほんの少し笑って見せた。

「偉いな、美咲は。さすがに律ちゃんの子供だけあるな」

驚いた口調で比嘉はいい「よし、そうしよう」と力強い声をあげてグラスを手に取り、ごくりと喉の奥に流しこんだ。

「俺が怪訝に感じたのは、律ちゃんがいった罰が当たったという一言だ。あの、何があろうとも動じない律ちゃんが、そんな言葉を口にするとは——いい換えればそれは、相

当の罪を律ちゃんが犯した証拠のような気が俺にはしてな。律ちゃんはその罪を悔い、そのために姿を消した。そうとしか考えられないのだが、どうだろう」

比嘉の言葉に麟太郎たち三人は黙って、うなずき返す。

「じゃあ、その罪とはいったい何だろう……これも美咲には申しわけないことだが、律ちゃんが子供を産んだことのような気が俺にはしてならない」

とたんに麻世が吼えた。

「何だよ、それ。じゃあ、美咲さんがこの世にいるのが悪いみたいじゃないか。それは、美咲さんの父親が誰だかわからないから、そういうことになるのか。そんなの、美咲さんにはまったく責任のないことじゃないか」

睨むような目で比嘉を見た。

「違う、そういうことじゃない」

比嘉はすぐに否定の言葉を出し、

「もしそうなら、美咲が生まれて十八年。律ちゃんはずっとその罪に苛(さいな)まれてきたはずだが、そんな気配はまったくなかった。律ちゃんが変ったのは、どう考えても失踪の直前だ。そのころ、律ちゃんの身に何かが起きた。そういうことだと俺は思う」

理路整然と説明した。

「じゃあ、何なんだよ。何が原因なんだよ」

幾分語気を和らげて麻世が訊いた。

「ハンセン病――」

ぽつりと比嘉がいった。

「えっ、今なんていったんだ、比嘉」

麟太郎はテーブルの上に体を乗り出した。

「ハンセン病だ、麟太郎。にわかには信じられないことだが、律ちゃんはどこかの時点でハンセン病に罹患した。もしくは罹患したと思いこんでいる。おそらく体に何らかのその兆候を見たか、感じたのだろう」

「ハンセン病って、現在沖縄では愛楽園に入っていたすべての人が完治して、罹患率はゼロのはずだろう」

麟太郎は、とまどいを覚えていた。

「そうだ。だが、俺たちの家筋は……」

比嘉の語尾が震えた。

「身内のなかから罹患者が出た、ハンセン病の家系といいたいのか。しかしハンセン病が遺伝疾患じゃないのは明白すぎるほどのことだ」

呆れたようにいう麟太郎に、

「医学者の間では常識でも、一般人のなかには一部ではあるが、まだそれを信じない人間もいるんだ。律ちゃんもそのなかの一人で、小さなころからハンセン病という言葉や、その症状には敏感すぎるほどの子供だった。それに」

比嘉は一瞬、言葉をのみこんだ。

「それに俺たちが子供のころには、この病気に対する偏見や苛めは確かにあった」

絞り出すような声でいった。

「それは……」

「少数ではあったが、俺も律ちゃんも、そうした仕打ちを受けてきたのは事実だ。悲しいことだけどな」

低すぎる声だった。

「そんなやつは、ボコボコにしてやればいいんだ」

ふいに湿った怒声を麻世があげた。

「そうだな。麻世さんみたいに強かったら、あるいはそうしたこともできただろうけど、俺たちはいろんな意味で、弱い人間だったから、とても」

比嘉は力なく首を振った。

「そんな律ちゃんが自分の体に、ハンセン病の兆候を見つけたら――その時点で大きな罪を犯したと思いこんでも不思議はない。何といっても律ちゃんは美咲という子供を産んでいる。自分がキャリアなら当然、美咲も……」

泣き出しそうな顔でいった。

「それが、神の罰か。そんな家系の者が、あろうことか子供を産んだという。何だか中世の魔女裁判のようだな。誤解と偏見に満ちた——まったく悲しすぎる話だ」

麟太郎が顔をしかめると、

「お母さんは、ユタだったから」

と、低い声で美咲がいった。

「悲しいことだけど、神様から病気のお告げを聞いたのかもしれない。もちろん、そんなことで神様は罰を与えないはずだけど」

「そう、神様のお告げがあったかどうかはわからないが、律ちゃんは小さなころからユタだった。そんな状況に陥ったユタが、どんな行動をとるかといえば」

「御願廻り（ウガンマアーイ）……お母さんは、あちこちの御嶽を」

比嘉の言葉に誘発されたかのように、美咲がぽつりと口にした。

「それじゃあ、姿を消した律ちゃんは、本土の巡礼のように沖縄中の御嶽を巡り歩いているというのか。たった一人、居たたまれない心で」

麟太郎の言葉にも湿ったものが混じった。

「お前には以前話したが、沖縄には浮浪患者という言葉がある。愛楽園のできる前、ハンセン病を受けいれてくれる病院はどこにもなかった。そのため金のある者は家に患者専用の離れを造ってそこに閉じこめたが、金のないほとんどの家はそんなことはできず、その結果、多くのハンセン病患者は沖縄中を物乞いして歩き、何とか命をつないでいった。悲しいことにうちの祖父もそれに倣って、ある日突然姿を消して……いずれどこかで、野たれ死にをしたんだろうが」

　淡々と比嘉は語った。

「それは確かに聞いた。悲惨すぎる話で俺も胸がつまった」

　聞きとれないほどの声で、麟太郎は答えた。

「今度はうちの祖父に律ちゃんが倣って、沖縄中の御嶽を巡って浮浪患者に……まさか物乞いまではしてないだろうけど。しかしあの男っぽい性格だ。そう貯(たくわ)えがあるとは思えないから、食うや食わずの状態で巡っているような気がする。泰子ママも、何となく薄汚れたかんじだったといっていたし」

　なかば諦めぎみにいう比嘉に、

「それなら、律ちゃんを見つける手はあるじゃないか。律ちゃんの行きそうな御嶽に先回りすれば、押えられるんじゃないか」

　少し興奮ぎみに麟太郎はいった。

　我ながら、いい考えだと思った。

「麟太郎、お前は沖縄中にどれだけの御嶽があると思っているんだ。有名な斎場(セイファー)御嶽を始め、その数は俺の感覚でいえば無数といった状態だ。そんな夥しい数の御嶽のどこへ行けばいいというんだ」

やっぱり比嘉は諦め顔だ。

「そんなに沢山あるのか、そうなると」

麟太郎は忙しなく頭をフル回転させるが、名案は何も浮んでこない。これは困ったと宙を睨んでいると、麻世が突然声をあげた。

「ひとつだけ、確実な方法があるよ」

自信満々の口調だった。

「じいさんと律子さんが、ややこしいことになった、故里の御嶽だよ。こうなったからには、あそこには必ず行くような気がする。そこで待っていればいいんだよ」

そうだった。まさに灯台下暗しだ。

「比嘉、麻世が今いった案はどう思う。けっこう成功しそうな気がするが」

といって比嘉の顔を見ると、何となく強ばった表情をしていた。あのせいだ。秀治がいった律子の相手は医者——もし美咲の父親が麟太郎なら、現場はその御嶽の途中にある比嘉たちの故里なのだ。嫌な気になるのももっともだった。しかしそんなことはいってられない。

「確かに一理はある。というより、律ちゃんが一度は訪れる御嶽であることは確かだと思う。しかし、いつくるのか、皆目見当がつかない。律ちゃんの身になって考えれば、本土(ヤマト)でいう最終日、満願の日だ。だが、その最終日の見当がつかない」

確かにいわれてみればその通りだが、しかし必ずくるということなら、これを逃す法はない。

「それなら、俺と麻世で明日そこへ行ってみるよ。どうせほとんど誰も訪れない、忘れられた御嶽だ。誰かがきた痕跡があれば、律ちゃん以外にはありえない。それはそれで、ひとつの収穫だと思うからよ。痕跡がなければ、これからくるということで、また方法を考えればいい——お前も一緒にどうだ、比嘉」

視線を比嘉に向けた。

「そうだな。ダメモトで行ってみるのも、ひとつの手かもしれんが、俺はちょっと無理だから……じゃあ、明日は麟太郎たちに頼むとするか。多分、くるとしても、もっと後のような気がするが」

比嘉は御嶽に行くことを断った。おそらく例の件で麟太郎と一緒に故里に行くのが苦痛なのに違いない。そんな比嘉の胸中を察してか、美咲も口を閉ざして何もいわなかった。

「それからな、麟太郎」

厳かな声を比嘉が出した。

「行くなら、医療器具一式の入った往診用の俺のバッグを持っていってくれ。勝気な律ちゃんのことだから、万が一ということもある。だから、忘れずにな」

最初は何をいっているのかわからなかったが、それが自殺をほのめかす言葉であることに麟太郎は気がついた。

「それは、比嘉、お前——」

慌てた声を出すと、

「万が一だ。なければないで、それでいいじゃないか。だからな」

「わかった。そうすることにするよ」

明るい声で麟太郎は答え、この件もこれでいちおう落着になった。

時計を見ると五時を回っていた。

「俺は律ちゃんがくるかもしれないので、このまま家に帰るし、美咲も六時までに店に行くだろうし。それで、お前たちはどうする」

比嘉の言葉に麟太郎はちょっと考え、

「俺たちも美咲さんと一緒に店に行くことにするよ。あそこも、ひょっとしたら律ちゃんがくるかもしれないし。それでまた逃げ出すようなことになれば、そのときは麻世に追いかけさせてつかまえるからよ。いいな麻世、そういうことで」

と麻世を見ると、大きくうなずいている。

「なら、そういうことで、よろしく頼む」

店を出ていく比嘉の背中は、いつもより縮んでいるようにも見えた。

六時少し前に『でいご』に行くと、客はまだ誰もおらず、泰子ママだけが所在なげにカウンターのなかのイスに座っていた。

「あら、お帰り。またきてくれたんだね。ありがとね」

笑いながら迎えてくれる泰子ママに頭を下げ「今夜は看板まで、ねばるつもりだから」といって麟太郎と麻世は昨日同様、カウンターのいちばん奥の席に座りこむ。

すぐにオシボリとお通しがカウンターの上に置かれる。今夜は、島ラッキョウだ。

麟太郎が塩づけの島ラッキョウを肴(さかな)にちびちび泡盛(アワモリ)の水割りを飲んでいると、徐々に客が増えてきた。やっぱり、年配者が多い。傍らの麻世はさんぴん茶を飲んでいる。

八時を過ぎた。

やはり、律子はこない。

夕食代りに何かないかと泰子ママにいうと、ソウメンチャンプルーと田芋(たいも)を使ったドゥル天、それにジーマミー豆腐がカウンターに並んだ。

九時を過ぎたころ、見知った顔が入ってきた。海兵隊のエリックだ。昨夜もきているから、二日つづけてということになる。

エリックは奥にいる麟太郎たちを見つけ、顔中で笑って会釈をしてからカウンター席の真中あたりに腰をおろした。

「律ちゃんの代りに、やってきたのはアメリカの海兵隊か」

麟太郎は口のなかだけで、ぼそっと呟く。

しばらくエリックは、島ラッキョウをつまんで、オリオンビールを飲んでいたが、そのうち美咲に向かって手招きをした。ゆっくりと美咲が前に行くと、小声で何かを話し始めた。美咲は盛んに首を横に振り、少しして麟太郎たちの前に戻ってきた。

「どうした、美咲ちゃん。エリックは美咲ちゃんに何をいってたんだ」

単刀直入にこう訊くと、

「何でも、自分の部隊は来月のなかばにはいったん本国に戻ることになるから、その前に私と親密な関係になりたいと。もちろん、断りましたけど」

美咲は困った顔でいった。

「それまでに親密な関係って。じゃあ、それからはどうするつもりなんだ、あいつは。その場限りにするつもりなのか」

珍しく麻世が、顔をしかめていった。

「どうやら、その公算が強いな。あの男もやっぱり、そういう類いの男だったようだな。陽気な紳士面に、あるいは、いいやつかとも思ったんだが」

ごくりと麟太郎は泡盛の水割りを喉の奥に落しこんだ。ここにいる時間も長いので、もうかなりの量を麟太郎は飲んでいる。

十時を過ぎて、客が数人になった。

またエリックが、美咲を手招きした。

「美咲ちゃん、嫌なら放っておけばいいよ」

泰子ママの言葉に、

「私は逃げるのだけは、嫌ですから」

美咲は怒ったような顔で、エリックの前に立った。そのとき、エリックの太くて長い右手がすっと伸びて美咲の左手をつかんで引きよせた。つんのめる格好で、美咲の体が前かがみになった。

すぐ目の前に、エリックの顔があった。美咲の唇を目がけて、エリックが唇を突き出した。とっさに美咲は顔をそむけた。エリックの唇は美咲の頬に当たった。

「あの野郎、何を血迷って、あんなことを」

美咲は顔をそむけているが、エリックの右手は美咲の手を握りこんで離さない。左手で美咲の腕をゆっくりと撫(な)で始めた。

麟太郎が立ちあがった。

「おい、いくら、いったん本国に戻るといっても、そのやり方はちょっと乱暴すぎるだろ。無法者めが」

　一喝して睨みつけると、

「無法者、違う。こうやって優しく撫でていれば、この子もやがてその気になる。どこの国の女の子も、みんなそうだ」

　呆れたことをいい出した。

「何を莫迦なことを。大体、この子が嫌がっているのが、お前にはわからんのか」

「心から嫌がってはいない。嫌がっている素振りをしているだけ」

　何とも都合のいいことを口にした。

「素振りかどうかは、そんなものは見ていれば――」

　と麟太郎がさらに言葉をつづけようとしたとき、後ろにいた麻世がすっと前に出た。

「じいさん、あとは私が代るよ」

　凜とした声でいい放ち、

「エリック。どう、私と勝負してみない」

　昨日と同じようなことをいい出した。

「おうっ、ミラクルガール。勝負というのはあの、アームレスリングですか」

　機嫌のいい声でいうエリックに、

「そうだよ、腕相撲だよ」

「やってもいいけど、今日のご褒美は何ですか。昨日はキスのようでしたけど、私は海兵隊のボクシングのチャンプ——とてもそれぐらいでは」

狡そうな表情がエリックの顔に浮んだ。

「じゃあ、もしあんたが勝ったら、私の体をあげるよ。これならいいんじゃない」

はっきりした口調でいった。

とたんにエリックは、美咲の左手を離した。

「今の言葉、本当ですか。本当に本当ですか。嘘だったら、私、本気になって怒りますよ。あなたを殺すかもしれませんよ」

エリックの目が、異様な光を放っていた。

これは獲物を前にした、獣の目だ。

「私は嘘はいわない。その代り、私が勝ったら、あんたはもうこの店にはこない。もちろん美咲さんにも、もう手は出さない。それをちゃんと約束できる」

一語ずつ丁寧に言葉を並べる麻世に、

「もちろん、もちろん。あなたが手に入れれば美咲にはもう用はないしね」

本音をぼそっと口にした。

「まったく、最低の男だな。あんたってやつは」

麻世は呟くように口にしてから、

「ママさん。また、そっちへ行かせてもらうからね」

泰子ママに声をかけて、ゆっくりとカウンターのなかに入る。

「カウンターに入るのはいいんだけど、でも麻世ちゃん、こんなやつと闘って、本当に勝てるのかい。秀ちゃんもガタイはでかかったけど、こいつはそれより一回りほどでかいよ」

オロオロ声で泰子はいう。

「大丈夫。日本には古武術という、摩訶（まか）不思議な技があるから」

なだめるようにいう麻世に、

「いくら摩訶不思議な技といったって、物には限度というものがあるだろう。俺には、その限度をはるかに超えているように感じられるぞ」

悲鳴のような声を、麟太郎はあげた。

「大丈夫だよ。今日の尚高さんとのやりとりで、おぼろげながら起こりの正体が見えたような気がするから」

起こりという言葉がまた出てきたが、むろん麟太郎には何のことかさっぱりわからない。

「じゃあ、やろうか、エリック」

麻世はゆっくりと右肘をカウンターの上に乗せる。同時にエリックも丸太のように太い腕をカウンターの上に立てて、五指をぴんと伸ばした。

エリックの顔は今にも涎が出てきそうな、緩みきった様子だ。そんなエリックの手に麻世は自分の手を近づけ、小指、薬指、中指の三本をぴんと伸ばした。

そう、三本の指だ。

エリックの顔に怪訝な表情が浮ぶ。

「あんたは普通の腕相撲の五本の指、私はそれに、この三本の指で相手するから」

とたんに麟太郎が「おい、麻世っ」と絶望的な声をあげた。

そしてエリックのほうは――顔を真赤にして麻世を睨みつけている。これは屈辱を受けた男の顔だ。エリックは自尊心をズタズタにされて怒っているのだ。

「私を莫迦にしているのか」

甲高い声でいった。

「私が五本の指を全部使えば勝つことはわかっているから、多少はハンデをつけたほうがいいかと思ってね」

何でもないことのように、麻世はいった。

「この私に、ハンデだと」

絞り出すような声のエリックに、

「それとも、私の力がフルに出せる、五本指のほうがいいっていうの、あんたは」

睨みつけるような目でいった。

「いや、三本でいいよ」

昨日の秀治との勝負を思い出したのか、エリックは自尊心よりも目先の欲のほうを選んだ。顔も青白くなっている。

「じゃあ、やるよ」

五本指の掌と三本指の掌が、カウンターの上でがっちりと組まれた。

「ママ、合図のために、両手をぱんと叩いてくれる」

泰子ママの左右の手が、胸元で構えられる。

勢いよく叩いた。

瞬間、エリックの右手は三本指の麻世の右手に呆気なく、カウンターの上に押しつけられていた。

エリックは茫然自失(ぼうぜんじしつ)だ。

目が虚ろだった。

事態が把握できないようだった。

それまで静かだった周囲から、わあっという歓声があがった。それを遮るように、

「これは、インチキだ」

と、エリックが吼えた。

「何が、インチキなのよ」

今度は麻世が怒鳴った。

「私は全然、力を入れさせてもらえなかった。何の力も出せないまま、カウンターに右手を押しつけられた」

「ふうん」

麻世が鼻で笑った。

「じゃあ、もう一度やる。あんたがいつでも力を入れられるように、今度は合図なしで」

麻世の言葉に、二人はまた五本指と三本指で右手を組んだ。

「さあ、いつでもいいから力を入れてみな」

押し殺した声を麻世が出した。

エリックが、つっかけた。

が、太い腕は簡単にカウンターに押しつけられた。今度も麻世の快勝だった。

ふらりとエリックの体が揺れた。

「おかしい、何かがおかしい。私がこんな日本の小娘に負けるはずが……」

どうやら帰る素振りのようだ。

「エリック、勘定っ」

泰子ママが叫び声をあげた。

エリックはポケットをまさぐり、一万円札を一枚、カウンターの上に放って、幽霊のような足取りで店を出ていった。

「おい、麻世。今のは何だ。どんな手をつかったんだ」

怒鳴るように麟太郎がいうと、

「起こりだよ、起こりの見極め」

また、わけのわからない言葉を、麻世は口にした。


ふわりと機体が浮きあがり、そのままぐんぐん上昇していく。

その日最終の、那覇空港発の羽田便だった。

隣の麻世を見ると、やっぱり両手で肘かけをしっかり握りこんでいる。体も小さく震えているようだ。

機体が水平飛行に移ってから「麻世、大丈夫か」と声をかけると「大丈夫だよ、少しは慣れたから」という答えが返ってきたが、やっぱりいつもと違って元気はない。

「今日はせっかく問題の御嶽にまで行ったのに、律ちゃんとは会うことができず、残念だったたな」

会話をしていたほうが恐怖も紛れるだろうと思い、麟太郎はさらに麻世に話しかける。

「それは無理だよ。いつやってくるかわからない人に会うために、突然現地を訪れたって、それは確率的にはゼロに近いことなんじゃないか。もし、それで会えたとしたら、奇跡だよ」

麻世も無言でいるより喋っていたほうが気が紛れると感じたのか、話に乗ってきた。

「奇跡か――そうともいえるな」

麟太郎は小さくうなずく。

「だけど、一度行っただけの山のなかの御嶽に、よくちゃんと行けたよな……」

麻世はこういってから、ちょっと考えこむような面持ちになり、

「というより、じいさんはその御嶽までは行ってないんだよな。実際には律子さんたちが住んでいた集落までで。そこから御嶽の途中まで行って雨に降られ、引き返してきたんだろ。それでも辿(たど)り着けたというのは、凄いとしかいいようがないな。まあそれだけ、じいさんにとっては絶対に忘れることのできない、思い出の場所なんだろうけど、執念といってもいいな」

感嘆の口調でいった。

「いや麻世。その執念という言葉は、それはちょっと、いいすぎだと俺は思うぞ」

麟太郎は慌てて早口でいって、

「あの御嶽は律ちゃんや比嘉などのように、かつてはあの集落に住んでいた人たちの極

めて大切で神聖な場所であったはずで。そのため、今でもたまには、その人たちがあの場所を訪れることもあるわけでな。つまり、よくよく観察すれば、かつての踏み分け道を確認するのは可能だということだ。あとは何とかその道を辿っていけば、おのずと終点に誘ってくれるということだ」

ちょっとむきになったように一気に口に出した。が、麟太郎のいったことは事実でもあった。

律子たちが住んでいた集落までは割と容易に行けたが、問題はそれからだった。集落の先は濃い緑におおわれていて、ほとんど密林状態だった。

そんな状況のなか、麟太郎は目を皿のようにして、かつて途中まで行ったことのある御嶽への小道を必死の思いで探した。これを執念といえば、そういえないこともなかったが……。

ようやくそれらしき痕跡を見つけ、あとは微かな踏み分け道を一歩一歩確かめながらゆっくりと進んだ。そして進み始めてから二時間ほど――ふいに百畳ほどの草地に出た。ぽっかりと開けたその正面に御嶽はあった。

山肌を支えるように大きな二枚の大岩が互いにもたれかかるように立ち、その間は人一人がやっと通れるような空洞になっていた。

そして、その空洞の先には海があった。真青で清浄な海が見えた。澄んでいた。おそらくその海の先には沖縄の信仰のよりどころともいうべき、ニライカナイが……。

二枚の大岩の前には供物を捧(ささ)げるためのものと思われる平らな二メートルほどの大石があり、横手には八畳ほどの赤瓦葺(あかがわらぶ)きの小屋があった。多分これが御願所(ウガンジュ)だ。

何もかもが朽ち枯れていた。

が、やはり汚(けが)れは感じられなかった。清浄だった。すべてが澄んで、しんと静まり返っていた。

「凄いなここは」

ぽつりと麻世がいった。

「確かに凄い。あの世とこの世の境目……そんなかんじだな」

こういいながら、比嘉が麟太郎に往診用のバッグを持っていけといった理由がわかったような気がした。

麟太郎と麻世は二枚の大岩の先に向かって深く頭を下げた。

このあと御願所のなかに入ってみたが人の上がった形跡は見られず、大石の上にも供物のための酒を捧げた様子はなかった。つまり、律子はまだここにはきていない。麟太郎はそう確信した……。

「なるほどな。踏み分け道を探して、それを唯一の頼りにしたのか」

麻世の言葉に、麟太郎の意識は御嶽の情景から機内に戻る。

「けっこう繊細な目をしてるんだな、じいさんは」

麻世が見直したような声をあげた。

「これを一言でいえば、外科医の目。そういうことだ」

ちょっと嬉しくなって、麟太郎は幾分胸を張りぎみにしていう。

「その外科医の目で見ても、律子さんが訪れた様子はやっぱりなかったということだな」

麻世の言葉に「そうだ」と麟太郎はうなずいてから、ぽつりと声を出す。

「武術者の目を持つ麻世が見た結果は、どうなんだ」

いきなり武術者といわれて麻世は少し慌てたようだったが、

「私も、人の気配は感じなかった」

はっきりいった。

「ということは、あとは律ちゃんがあそこへ、いつくるかということだが――これが麻世のいうようにさっぱりな」

困惑の面持ちでいった。

「ひとつの手段は、比嘉のおじさんに、時間のあるときはあそこに行ってもらう。それしかないような気がするけど」

まっとうなことを麻世がいった。

「確かに、それくらいしか方法はないな。早速明日にでも比嘉に電話を入れて、そうしてもらうようにしよう」

盛んにうなずきながら麟太郎はこういい、

「ところで麻世。俺はお前にひとつ、訊きたいことがあるんだが」

少し背筋を伸ばして声を出した。

「何だよ、改まった口調で。難しいことを訊かれても私には答えられないよ」

「難しいことは何もない。お前の得意な武術の話だ」

「じいさんが、武術の話！」

呆気にとられた顔をする麻世に、

「ここのところ、お前がよく口にしていた起こりという言葉だ。あれが俺にはさっぱりわからん。だからな」

麟太郎は、わずかに頭を下げた。

とたんに麻世の顔が、ぱっと輝いた。

「起こりか――説明しても、スポーツ柔道しか知らないじいさんに、わかるかどうか」

にまぁっと笑った。

「わかるかどうかは、聞いてみてからの話だ。いいから、なるべく素人にも理解できるように話してみろ」

麻世の笑いに少しむかつきを覚えたものの、その気持を何とか抑えて麟太郎は催促の言葉をぶつける。

「はいはい」と麻世は嬉しそうな声をあげてから、

「起こりとは、兆しのことなり」

大人びた口調でいった。

剣を構えた人間が打ちこんでくる直前にそれを正確に察し、その攻撃に対処して相手を制する。簡単にいえば、それが古武術でいう起こりだと麻世はいった。

「対処するとは、どういう意味だ。どんなことをするんだ」

早速、麟太郎の質問が飛ぶ。

「くることが正確にわかるんだから、あとはその攻撃をきちんと受けるか、それとも先手を取ってこちらから打ちこむか──そういうことだよ」

「相手が攻撃をしてくるかどうかなんぞ、動きを見ていれば俺にでもわかるぞ」

吼えるように麟太郎はいう。

「動きを見て、わかっていては遅いんだよ。その前にわからなければ。だから、わかるというより察しなければ駄目なんだよ」

得意満面の表情で麻世はいう。

「動きを見ないで、わかれっていっても──そんなこと、どうやればいいんだ」

「だから、察するんだよ。心気を研ぎすまして、相手の次の行動を見切るんだよ」

麻世の顔は、いかにも楽しそうだ。

「心気を研ぎすまして察するって、そんなこと本当に可能なのか」

どうも麟太郎には、ぴんとこない。

「可能だよ。現に、あの尚高じいさんは完全に私の動きを見切っていて、私は手も足も出なかった。完敗だった――あのじいさんは、達人の域に達しているよ」

「ああっ」と麟太郎は唸る。

確かにあのとき、麻世は成す術もなく後ろに退がる一方で、おまけに攻撃したとたん、簡単に吹っ飛ばされている。麻世のいうように、その域に達しているのかもしれない。

名人、達人になると、相手がどこにどんな攻撃をしてくるかもつぶさにわかるため、それを捌いて容易に制することができるとも麻世はいった。

「そりゃあ、相手の攻撃がどこにどうくるかわかっていれば、簡単に料理はできるだろうが。しかしなあ」

麟太郎は首を捻りながら、

「お前は、その起こりの察しというのが、まだできないのか。どうなんだ」

こんなことを口にした。

「できなかった。でも尚高じいさんと立ち合って話を聞いてから、ほんの少しだけど何かを悟ることができた」

　薄い胸を思いきり張った。

「何かを悟ったって、できるようになったのか」

　驚きの声を麟太郎はあげた。

「ほんの少しだけどね」

　と麻世は前置きをしてから、

「あの、エリックとの腕相撲のときだよ。あの直前に何かがわかった気がしたんだ」

　神妙な顔をしていった。

　そのために、三本指でも屈強な米兵を相手に勝つことができたのだと。

「あのとき私は、相手に力を入れさせなかった。腕を腑抜(ふぬ)けの状態にした」

　確かにエリックも、そんなことをいっていた。力を入れさせてもらえなかったと。

「エリックが力を入れる直前、つまり無の状態のときに一気に力を注ぎこんで相手を捻(ね)じふせた。その瞬間のエリックの腕は子供同然だった」

「要するに、起こりを察したのか」

　唖然とした気持でいうと、

「そう、起こりを察した。言葉ではいい表せないけど、そんな気配を感じた。凄く嬉しかった」

麻世は顔中で笑った。

「それじゃあ、麻世。これからは天下無敵じゃないか。あのエリックに勝てるんなら、誰にでも勝てるんじゃねえか」

言葉とは裏腹に困ったことになったと、麟太郎は不安を覚える。もしそんな状態に麻世が達していたら、これから……。

「そういう訳には、いかないんだ――エリックは外国人で素人だったから」

妙なことを麻世が口走った。

「エリックは決して武術者じゃない。スポーツボクシングのチャンプだ。だから起こりのほうも隠すことなく、そのまま、あからさまに伝わってきたけど、これが武術をやっている人間が相手だと」

ようやく理解した。

「如実には伝わってこない。そういうことか。たとえばそれが、お前の行っている道場の米倉さんだとしたら」

米倉彰吾は柳剛流・林田道場の師範代で、唯一麻世が勝てない相手だった。

「悔しいけれど通用しない。まったく勝てない」

沈んだ声でいう麻世の言葉を聞いて、正直麟太郎はほっとするものを覚える。

「それはまあ、これからの精進ということでな……それにお前は尚高先生の話によると、気というものも少しは操ることができるというし。大したもんじゃねえか」

慰めるようにいうと、麻世の顔がまたぱっと輝いた。

「うん。あのじいさんのいう通り、ほんの少しだけどね」

えへっと笑った。

「俺は今までのお前の言動から、気というものは、体中の力をある一点に集中させて爆発させるものだと理解していたが――それでいいんだろうな」

真面目な口調で訊くと、

「半分はあってるけど……」

微妙な答えを麻世は口にした。

「体中の力をある一点に集中させるということは、そうなんだけど、それは気の初歩的な段階なんだ。だから私もそこまでは可能で、それで今までのいろんな喧嘩や、じいさんも知っている通りの腕相撲には勝ってきたんだけど――」

麻世はそこで少し言葉を切り、

「それだけじゃないんだ。その体中の力を何倍にも増幅させて発揮させることのできるのが気というもんなんだ」

訳のわからないことをいった。

「ちょっと待て麻世。体中の力を一点に集中させるというのは何となく理解できるが、それを増幅させるというのは——全部の力を集中させれば、その人間の力の絶対量はそこまでで、それ以上の力のエネルギーというのはいったいどこから供給されるんだ」

麟太郎が理屈を並べたてると、

「……わからない」

ぼそっと麻世はいった。

「わからないけど、実際に尚高じいさんとの試合のとき、とんと軽く突かれただけで私は吹っ飛んだ。あれこそ、気の力だよ。あのじいさんは、きちんと気を操れるんだよ。悔しいけど」

確かに、あの小さな体で、とんと突いただけで麻世は吹っ飛んだ。これは麟太郎もその目で見ていたことだった。しかし、どう考えてみても……。

「わからないものは、わからないでいいじゃないか。そのうち頭のいい誰かが解明してくれるよ」

そんな麟太郎の様子を見て、やけに明るい声で麻世がいった。そして、

「古武術のなかに『骨法（こっぽう）』というのがあるんだけど、その技のなかには、体に掌を当てるだけで生の力が体のなかに浸透して、相手を殺すことができるというものもあるらしいよ」

神妙な顔をして、圧技（おしわざ）の一種だと麻世はいった。

「掌を当てるだけで、生の力が体のなかに浸透するなど、物理的に考えて、そんなことは――」

鱗太郎は絶句する。

「私も実際に見たことはないけど、そんな技があると道場の米倉さんがいっていたのを聞いたことがあるから」

さらりと麻世はいった。

「うん、まあ……しかし古武術というのは摩訶不思議なことばかりだな。こうして聞いてみると、わからないことばかりで頭を抱えることになる」

吐息まじりに鱗太郎がいうと、

「抱えなくてもいいんだよ。素直に信じてしまえば。簡単なことだよ。古武術というのは奥が深いんだよ」

いかにも嬉しそうな顔で麻世がいった。

もう体は震えていない。いつもの麻世に戻っているようだ。それならもう少し武術談議に花を咲かせて――そうすれば麻世も怖さを感じることなく無事、羽田に到着することができるはずだ。

「ところで麻世、あの尚高さんなんだが――」

鱗太郎はこんな言葉を麻世にぶつけた。

沖縄から戻った次の夜、麟太郎が『田園』に出向くと、

「あら、大先生、久しぶりですね」

軽い口調で夏希が迎えた。

麟太郎が診療所を留守にしていたことは当然夏希も知っているはずで、その詮索の言葉が最初に出るものと構えていたのだが、肩すかしを食ったような状況だ。

奥の席に座った麟太郎に、オシボリとお通しを持ってきて、夏希は隣に座りこんだ。

「実は俺、三日ほど沖縄のほうに行ってきたんだよ」

麟太郎が自分のほうから切り出すと、

「ああ、そうみたいですね」

こんな返事を口にしただけで、それ以上の言葉はなかった。どうにも今夜の夏希は変だった。そんなところへ理香子がビールを持ってきた。

二人はすぐにグラスを合せるが「乾杯っ」という夏希の声にも張りがなかった。想像できるのは徳三の件。多分そうに違いない。

「どうした、ママ。元気がなさそうだが」

恐る恐る声をかけてみると、

「うん」

と夏希は答えただけで、それ以上の言葉は出てこない。こんなときは待つに限る。黙って待っていれば、いずれ夏希は口を開く。本人も誰かに話したくてしようがないはずだ。

「実は、親方のことなんだけどね」

ようやく口を開いた。やっぱり徳三だ。

「一昨日、店にきたとき親方が――」

と、ぽつりぽつり話し出した。

そのとき徳三は――。

「夏希ママのことを、娘を家に呼んで話したよ」

まず、こういったという。

徳三の一人娘の博子(ひろこ)は八王子に嫁いでいて今年四十八歳、二人の子供がいた。旦那は普通のサラリーマンで、食品会社の営業をやっていた。

「そうしたら、娘が」

ざわっと夏希の胸が騒いだ。

「そんなもの、不動産目当ての結婚にきまってるじゃないの。何を寝ぼけたことといってんの、お父ちゃん」

一刀のもとに斬りすてたという。

「不動産目当てっていっても、ここは俺の土地だ。誰にも文句をいわれる筋合いはねえ」

徳三がこう啖呵を切ると、

「法律的にはそうかもしれないけど、この土地は別にお父ちゃんが汗水たらして手に入れたものじゃないいだろ。御先祖様の持ちものだっただけじゃないか」

博子も強い口調でこういった。

もっともな話だった。

「そりゃあ、まあな」

という徳三に博子はさらに説教じみたことを長々とまくしたて、

「とにかく、近いうちに、その夏希さんとやらに私は会って話をしてくるから」

怒鳴るようにこういって、八王子に帰っていったという。

話を聞き終えた麟太郎は「ううん」と唸り声をあげ、

「それで、徳三親方の気持のほうはどうなんだ」

いちばん気になることを訊いてみた。

「親方は、俺の気持は変らない。何があろうと私と添いとげてみせるって」

ちょっと胸を張って夏希はいった。

「そうか、それなら大丈夫じゃないか」

こんなことぐらいしか、麟太郎にいえることはない。何といっても、事は徳三の家族内の問題なのだ。

「そういわれると、何となくほっとするかんじ」

ほんの少し明るい声を出す夏希に、

「それで、その娘さんが訪ねてきたら、ママはどう対処するんだ」

これも恐る恐る訊くと、

「闘うわよ、もちろん。歯には歯、力には力。こてんぱんに叩きのめしてやるわよ。人を結婚詐欺のように悪しざまにいう女なんだから、容赦はしないわよ」

思った通りの言葉が返ってきて、麟太郎は胸の奥で大きな溜息をつく。いったいこの先、どうなるのやら。

「ところで、大先生」

麟太郎に話して気が収まったのか、凛とした声を夏希は出した。

「沖縄行きの、オミヤゲは？」

両手を麟太郎の前に差し出した。

「ごめん、ママ。向こうでは何やかや、いろんなことがあって、すっかり忘れていた。申しわけない」

深々と頭を下げると、

「ふうん、忘れたんだ——」

それだけいって、夏希はあっさり麟太郎の前を離れていった。

「ミヤゲなあ」

そんな夏希の背中を見ながら、麟太郎は昨日の夜のことを思い出す。

羽田から家に戻ると、なんと潤一がまだいた。

「おかえり、麻世ちゃん、親父」

やけに機嫌のいい声で二人を迎え入れ、

「そろそろ小腹も空くころだろうし、浅草の味も恋しくなっているだろうと思って、ほらこんな物を用意しておいた」

母屋のテーブルを手で差した。

大皿に稲荷鮨が、てんこ盛りになっていた。それも『川上屋』の稲荷鮨だ。

「麻世ちゃんがここの稲荷鮨が大好きだったことを思い出して、それでね。普通のお稲荷さんだけじゃなく、五目稲荷と山菜稲荷も買っておいたからね」

得意そうにいう潤一に、いきなり麻世が拍手を送った。潤一の顔がくしゃりと崩れた。嬉しくてしようがないという、極上の表情だ。

「私はあそこのお稲荷さんが大好きで、近頃食べてなかったから、そろそろ食べたいなあと思っていたところ。おじさんもたまには気の利くことをやるんだ。えらい！」

なんと麻世が潤一を誉めた。

多分、こんなことは初めてだ。

「おっ、おっ、そうかな。麻世ちゃんにそういわれると、何といって答えたら」

潤一は上ずった声をあげ、

「きちんと昆布で出汁をとった味噌汁もあるから、すぐに持ってくるよ」

台所に飛びこみ、湯気のあがる味噌汁の入った椀を持ってきてテーブルに並べた。どうやら帰ってくる頃合いを見計らって、さっと出せるようにしていたようだ。

「じゃあ、麻世、いただこうか。せっかくの潤一の心づくしのようだから」

それが合図のように、麻世はすぐに大皿に手を伸ばし、五目稲荷を口に入れて、ごくりと飲みこむ。麟太郎は味噌汁だ。確かに昆布の出汁がよく利いている。麻世が二つ目の稲荷鮨に手を伸ばした。今度は山菜稲荷だ。

そんな様子を潤一はうっとりした表情で見ている。多分潤一は今、至福の絶頂にいるはずだ。

「ところで、麻世ちゃん」

猫なで声を潤一が出した。

「俺の沖縄の、オミヤゲは」

「えっ――」という表情で麻世が麟太郎の顔を見た。麟太郎は慌てて首を振る。そんな様子を見ていた潤一の顔が突然悲しげなものに変った。泣き出しそうな顔だ。

「詳しいことは後でゆっくり話すが、なかなか向こうでは大変なことがつづいてな。それでついミヤゲのほうはよ」

申しわけなさそうにいうと、

「大丈夫だよ、おじさん。私たちはゴールデンウィークにまた沖縄に行ってくるから。そのときにはちゃんと……ゴールデンウィークまで、あと一週間ほどだし」

麻世が助け船を出すようにいうが、これが逆効果だった。

「また沖縄に行くのか、二人で」

放心したような表情で潤一はいった。

「うん。だから、そのときはまた、留守番のほう、よろしくお願いしまあす」

なんと麻世は潤一の顔を見てにこっと笑い、イスから素早く立ちあがって思いきり頭を下げたのだ。

麻世が潤一に笑いかけるなど初めてというか、前代未聞のことだった。それだけ成長したのか世間ずれしたのか、何がどうなのかはわからないが、いちばん驚いたのは潤一のようだった。

「あっ、それはもちろん。麻世ちゃんの頼みなら、何としてでも力になろうと……俺は」

疳高い調子でいってから、

「頑張ります……」

蚊の鳴くような声を出した。


一週間はまたたくまに過ぎ、ゴールデンウィークの初日、那覇空港に着いた麟太郎と麻世は名護市に向かうバスのなかにいた。

麻世も多少は飛行機に慣れたのか、最初のときのような恐怖心は見せず、体は固まっていたが震えることはもうなかった。

「麻世、今回で律ちゃんのことは、片をつけるからな」

はっきりした声で、麟太郎はいった。

「片をつけるっていっても、律子さんが姿を現さない限り、何ともならないんじゃないか、じいさん」

怪訝な目を向けてきた。

「秘策がある。俺の推理が間違っていなければ必ず律ちゃんに会えるはずだ」

「えっ、秘策ってどんな」

麻世が疳高い声をあげた。

「それは比嘉のところに行ってから話す。まだ確かめたいこともあるし」

それっきり麟太郎は口を閉ざした。

午後三時頃に二人は比嘉の家に着き、すぐに居間に通されて、美咲の手で冷たいさんぴん茶がテーブルの上に置かれた。

「すまないな、麟太郎、麻世さん。何度もこんな南の果てにまできてもらって、本当に頭が下がる」

比嘉と美咲は同時に頭を下げた。

「気にするな。大切なことだから、くるのは当たり前だ。もっとも今度は連休中のことだったので格安航空のチケットが手に入らず、ちょっと落ちこんだ」

麟太郎は軽口を飛ばして、さんぴん茶を全部飲みほす。

四月の末とはいえ、沖縄はもうかなり暑かった。

「お前はあれから二度ほど、あの御嶽に行ってみたそうだが律ちゃんの痕跡は見つからなかった。そういうことだな」

念を押すように麟太郎は訊く。

「土曜の半休の日と、日曜日に出かけてみたが、まったくそういった様子はなかった――近頃では本当にあの御嶽に律ちゃんがくるのか、半信半疑の気持でいるよ」

諦めたような口調でいう比嘉に、

「律ちゃんはくる……と思う」

はっきりした声を麟太郎はあげた。

「ところでちょっと訊きたいことがあるんだが、律ちゃんの誕生日はいつなのか教えてくれるか」

麟太郎が比嘉に確かめたかったことが、これだった。

「あれは確か四月の……若いころは誕生会をよくやったんだが、大人になってからはさっぱりだったから」

首を捻る比嘉を横目で見ながら、

「お母さんの誕生日は四月の三十日です。間違いありません」

怪訝な表情を浮べて美咲が答えた。

「それだ」と麟太郎が小さく叫んだ。

「俺が十九年前に沖縄にきて律ちゃんに御嶽に連れていかれたのも、四月の終りだった。つまり三十日のような気がする」

「ということは、律ちゃんは誕生日のたびに、あの御嶽に行っていた。そういうことになるのか」

勢いこんで比嘉が叫んだ。

「むろん、確かとはいえない。たまたま連れていかれたのが律ちゃんの誕生日に当たっていた。そういう考え方も確かにできる。しかし小さな暗合ではあるが、俺はこの誕生日説に懸けてみる価値は充分にあると思う。はなはだ心許ない秘策のようだがな」

口にしたとたん、麻世が「そういうことか」と声をあげ、「四月三十日は明日です」と美咲がいった。

「そう、明日なんだ。で、比嘉の都合はどうだろう」

比嘉の顔を真直ぐ見た。

「俺は行けない。今年の三十日は祝日ではなく普通の日だ。時間通り医院を開けなければならない。病人を放っておくわけにはいかない。残念ながら……」

いかにも悔しそうにいった。

「私も明日は通常授業で、しかも学外の那覇の病院に出かけて実習講義を受けることになっていて。とても休むわけには」

掠れた声で美咲がいった。こっちもいかにも残念そうだ。

「わかった。それなら、俺と麻世でまた行ってくるから大丈夫だ。それにこれは俺の単なる思いつきで確信にはほど遠い。それでも、もし律ちゃんが現れたとしたら、相応の対応をするから大丈夫だ、なあ麻世」

麟太郎の言葉に、麻世が力をこめてうなずく。

「行くのなら麟太郎、往診用のバッグを……」

比嘉の掠れた声に「わかっている」と麟太郎は何度もうなずく。

「ところで、あの空手二段はどうしてるんだろう」

麻世が声を張りあげた。

「きてるわよ、相変らず。でも、もう変なこともいわず、おとなしく飲んでいるわ。あの子の話では、何でも尚高先生の口利きで、自動車修理の工場に無理やり入れられそうだと。もしそこを逃げ出すようなら、右腕一本使えなくしてやると脅されていると、その点だけは本気で怯えていました」

面白そうに美咲はいった。

「あの先生なら、やるかもしれんな。先日は、これ以上無体なことをすれば、わしは御先祖様に申し訳が立たなくなり、お前を殺すことになるやもしれんといってたし」

しんみりした口調で麟太郎がいうと、

「えっ、そうなんですか。そんなに怖い先生なんですか……あの子、大丈夫かなあ」

心配そうな口振りの美咲に、

「二人は仲がいいんだね」

と、麻世がふいに声をあげた。

「あっそれは——私は小学校、中学校と例のあの件でみんなから仲間外れにされていて。そのために、私がいちばん親しく話をしていたのは苛めの張本人のあの子だけっていう、変な関係になってしまって。それで、妙な連帯感というか何というか」

恥ずかしそうにいう美咲の顔を、呆気にとられたような顔の比嘉が見ていた。

「そんなことより――」

美咲が話題を変えるように、甲高い声をあげた。

「あのエリックが腑抜けのようになってしまったって、『でいご』の泰子ママが――そんなことを小耳に挟んだって」

「エリックが、腑抜け！」

麻世が身を乗り出した。

「麻世さんとの三本指の腕相撲に負けたあと、気力がまったく抜け落ちて、海兵隊員としての務めもできなくなったようで。多分本国に帰ってから、除隊することになるんじゃないかって」

「エリックが除隊――あいつは最低だったから、それぐらいがちょうどいいんだよ」

ぼそっと麻世がいった。

「ところで、みなさん。今夜は店のほうにくるんですか、それとも」

美咲が麟太郎と麻世の顔を見た。

「明日は朝早く御嶽に向かいたいから、今夜は遠慮したほうが無難だと思ってるよ。午後から雨になるかもしれんと、天気予報はいってたし」

少し申しわけなさそうに、麟太郎はいう。

「それなら私も、お店は休みます。そして、とっておきの夕食をつくります」

はしゃいだような声をあげる美咲に、

「頼んだぞ、美咲。うんと、うまいものを」

発破をかけるように、比嘉が声をあげた。


翌日は曇り空だった。

麟太郎たちは比嘉と美咲に見送られて、八時前にタクシーで医院を出た。

実は麟太郎には今日、もうひとつ気になることがあった。

一昨日、『田園』に行くと、すぐに夏希がやってきて、

「明後日(あさって)の夜、徳三さんの娘さんが私に会うために、ここにくることになったわ。いよいよ戦闘開始です」

こんなことを耳元でささやいたのだ。

だから今夜――夏希と博子は直接対決をすることに。何がどうなるかは予測もつかなかったが、徳三も夏希も、そして博子も、すべての人間が気にかかった。

タクシーが停まり、ここから比嘉たちのかつての集落までは歩きだ。そして先日、苦労して見つけた踏み分け道――二度目なので今度は迷うことなく一時間足らずでここを登りきり、二枚の大岩のある御嶽に麟太郎と麻世は無事に辿り着いた。時間はちょうど

十一時頃だった。

二人は御願所のなかに入り、ちょっと早かったが美咲がつくってくれたオニギリを食べる。海苔を巻いた塩味だけのオニギリだったが、素朴な味でうまかった。

あとは律子がくるのを待つだけだったが、この誕生日に本当に姿を現すのか。

二人は御願所の床に座りこんで、とにかく待つ。それしか方法はなかった。むろん、麟太郎も麻世も人の気配を感じとるために、全神経を研ぎすましている。先に律子に見つけられ密林のなかにでも逃げこまれたら、成す術はなくなる。

二人がここにきてから、二時間が過ぎた。

まだ、人がくる気配は感じられない。

時間が三時を過ぎた。

予報通り雨が降り出した。

低い音が聞こえるのは雷だ。

「麻世、最悪の状況になってきたな」

麟太郎が焦りぎみの声を出すと、唇に指をあてて麻世が「しっ」と呟いた。どうやら麻世の動物的勘が何かをとらえたようだ。

雨の降り方が強くなってきた。

そして雷の音も激しい。

「誰かきた」

と麻世が口にした瞬間、人影が草地に踏みこんでくる姿を麟太郎は見た。アーミー風の上衣に白いシャツ。下はジーンズ姿でスニーカーを履いている。

律子だ。

やっぱりやってきたのだ。

律子は右手に古酒(クース)の甕をさげていた。

それをそっと供物石の上に置いて、その前にひざまずいた。どうやら何か祈りの言葉を口にしているようだが、かなり疲れている様子に見えた。

「麻世、逃げられないように御嶽の左右から挟みうちだ。このまま放っておいて肺炎にでもなったら大変だ」

麟太郎はこういい、麻世と一緒に御願所を抜け出して左右に分かれ、そっと律子に近づいた。

そのとき大きな雷鳴が轟(とどろ)いた。

律子の体がびくっと震え、ふいに後ろを振り向いた。麟太郎と、まともに目が合った。

麟太郎の足が止まり、麻世もその場から動けなくなった。

「麟太郎じゃないか。こんなところで何をしてるの」

律子が叫んだ。

「律ちゃんがどこかに行ってしまわないように、迎えにきたんだ。さあ、俺と一緒に帰ろう。美咲さんも比嘉も、みんな律ちゃんの帰りを待ってるから」

麟太郎は、ゆっくりした声で律子に訴えた。

「そっちの子は」

麻世を左手で差した。

「俺の孫のようなもので、美咲ちゃんの友達だ。心配して一緒にきてくれたんだ」

「美咲の――」

といって律子は口を引き結んだ。

「なあ、律ちゃん。ひょっとして律ちゃんは自分がハンセン病に罹(かか)っていると、思いこんでいるんじゃないか。だから、みんなの前から姿を消して」

「思いこみじゃないさ。私はハンセン病に確かに罹っているんだ。浮浪患者になった祖父(おじい)同様、右手の指の股に小さな腫瘍のようなものができて」

両手を握りしめて、律子は叫んだ。

「腫瘍ぐらい、誰だってつくるさ。比嘉からも聞かされているだろうが、ハンセン病は極めて感染力の弱い病気だ。そう簡単に罹るもんじゃないし、それにハンセン病は沖縄から根絶されている」

麟太郎も叫んだ。

「違う。腫瘍だけじゃない。右半身に痙攣がおきているし、神経が麻痺しだして痛みも感じなくなっている。私は確実にハンセン病に罹っている」

律子が次々と口にする。ハンセン病特有の症状に麟太郎は愕然とする。ひょっとしたら律子は本当に罹患しているのでは……しかし、そんなことが。

「私のところは、あの病気の家筋なんだ。小さいころから、それでどれだけ苛められてきたか。だけど私は我慢した。ハンセン病は遺伝しないと何度も何度も自分にいい聞かせて——それがこの有様だ。ハンセン病の体だ。悲しいけれど、これがその答えなんだ。だから私は——」

律子の右手が内ポケットから、何かを取り出した。あれはナイフだ。小型ではあるが、サバイバルナイフだ。

「私はここで死ぬために、ここで神様に許しを乞うために。最後の場所として、ここに戻ってきたんだ——だけど麟太郎、よくここに今日私が戻ってくることがわかったね」

怒鳴るような声だった。

「今日が律ちゃんの誕生日だから。昔一緒にここを目ざしたときも、律ちゃんの誕生日だったから。それで俺は——」

麟太郎の声に律子は低く「ああっ」と答えた。どうやらすべてを理解したようだ。

「そうだよ、麟太郎。今日は私の誕生日。私はこの日に生まれて、この日に死ぬんだ。

それがひとりで子供を産んだ私に、神様が与えた運命なんだ」

律子はナイフの刃先を左の頸動脈に、ぴたりと密着させた。

「待て、律ちゃん、早まるんじゃない」

麟太郎が叫ぶと同時に雨が強くなり、雷鳴が大きくなった。

「みんなに、よろしくね。さよなら、麟太郎」

律子が叫んだ。刃先に力が入った。

そのとき一際高い雷鳴が轟いた。それに驚いたのか、律子の手からナイフが弾け飛んだ。瞬間、律子の体が硬直した。落雷だ。雷が弾け飛んだナイフに落ちたのだ。

律子はゆっくりと崩れ落ちた。

「律ちゃん」

麟太郎と麻世が律子の脇に駆けよった。

「麻世、足のほうを持て。とにかく御願所に運びこむんだ」

麟太郎は律子の両脇に両腕を入れ、麻世と二人で雨のあたらない御願所のなかに律子を運びこんで寝かせた。

すぐに耳を胸に押しあてた。

鼓動がなかった。

心停止だ。

ちらっと時計に目をやると、三時二十分を指していた。麟太郎は律子の体に馬乗りになる格好で、すぐに胸骨圧迫のマッサージをやり始める。懸命に両手で胸を押す。

「じいさん、大丈夫か。それで心臓は動くようになるのか」

泣きそうな声を麻世があげた。

「これは心臓を動かすための処置じゃねえ。胸を押して脳に血液を送るための処置だ。そうしねえと脳細胞が壊れ始めて、たとえ心臓が動き出したとしても脳死状態になってしまう。しかし今はとにかく、脳に血液を送りこまねえと」

麟太郎は必死になって両手を動かす。

「それから麻世、すぐに救急車を呼んで集落の入口のところで待機してくれるようにいえ。何とかして心臓が動き出したら、律ちゃんを担いでそこに走るから」

麟太郎の言葉に麻世はスマホを取り出すが、

「駄目だ、じいさん。ここは圏外だ」

絶望的な麻世の言葉に、麟太郎の全身がさあっと凍える。

「くそっ、ＡＥＤがあれば電気ショックが与えられるのに」

叫ぶようにいってから「麻世、ちょっと代ってくれ」と律子の体からおり、往診用のバッグを麟太郎は素早く開ける。あった、アドレナリンだ。これを注射器にセットして——麟太郎は急いで律子の体に針を刺し、液体を注入する。

「何だ、それは、じいさん」

胸骨を押している麻世が叫ぶ。

「アドレナリンだ、強心剤だ」

叫びながら麻世に代り、再び心臓マッサージに移る。時計を見ると三時二十四分。ぎりぎりの時間だ。ジャスト・フォー・ミニッツ。心停止が許される時間は、わずか四分。医学界で昔からいわれている言葉だった。

だが脳に血液さえ届いていれば——しかしそれも心停止が長くなれば、心臓の動き出す確率も低くなる。四十分から五十分が限界だ。それ以上になると心臓は駄目になる。だがここにはＡＥＤもない。どうすれば。

「麻世、代れ」

麟太郎はまた怒鳴り声をあげ、往診用のバッグのなかを探し出す。あった。メスだ。

「じいさん、それで何をするつもりだ」

驚いた声を麻世があげた。

「このままマッサージをつづけても、心臓は動かん。それならこれで胸切開をして、肋骨の間から手を差しこんで直接心臓をマッサージする。そうすれば……」

「動き出すのか、心臓は」

「動き出すかもしれんが、こんな場所でそんなことをすれば雑菌は入りこむし血は止まらなくなるし、ほとんどは死ぬ」

「そんな！」

「ほとんどは死ぬが、それでも奇跡ということはある。ほっといても死ぬのなら、たとえ絶望的であったとしても、何もやらないよりはマシな気がする。ひょっとしたら罪に問われるかもしれんがな」

　悲痛な声で麟太郎は話をつづける。

「罪に問われるって……」

　麻世は一瞬黙りこみ、

「大量出血したら、どうするんだ、どう処置するんだ」

　喉につまった声をあげた。

「肋間動脈を避けて横に切れば、大量出血はしないはずだ。そして心臓を手で直接マッサージして動き出したら、タオルで傷口を押えつけて……」

「それで心臓が動き出したとして、どれぐらいの確率で助かるんだ」

「さっきもいったじゃねえか、ゼロパーセントに近いって」

　いうなり、麟太郎は右手でメスを持ち、左手で律子の胸をばんばん叩き出した。

「律ちゃん、起きろ。戻ってこい。目を覚ませ。律ちゃん」

　麟太郎は泣いていた。泣きながら律子の胸を叩いた。心臓はぴくりともしなかった。

麟太郎の目が、右手に光るメスを凝視した。

麟太郎と麻世は、本部半島にある今帰仁城跡の城郭の上にいた。

東には『沖縄愛楽園』の建つ屋我地島があり、西には備瀬崎の向こうに太平洋戦争で激戦地となった伊江島があって、前方には濃い青色の東シナ海が広がっていた。

「今はないが、ここの城は沖縄の戦国時代ともいえる三山鼎立時代のもので、その全容は首里城と同じくらいといわれるほど巨大なものだったんだ」

鷹揚に言葉を出す麟太郎に、

「確かに大きいな。この一画だけ見ても、かなりの大きさだ。それにこの城郭も、この下の城郭も独特の曲線を描いていて、日本のお城とは相当違う雰囲気だ」

麻世は石垣を背にして、周囲をぐるりと見回し、

「兵どもが、夢のあとだな、じいさん」

生えている草を目で追いながら、楽しそうな声をあげた。

「しかし、何といっても雄大なのは、上に広がる大きな空と眼前の真青な東シナ海だ。本当に目が洗われる思いだ」

ほっとしたような調子で、麟太郎はいう。

「それにあの、入道雲だよ。あんな大きな入道雲を私は初めて見たよ。背は高いし、横

の広がりも大きいし」

伊江島の方角に目をやりながら、麻世が大きな吐息をもらす。

「そうだな、大きな海と大きな空は、かけがえのない沖縄の財産だからな」

独り言のようにいって、麟太郎も真青な海を凝視する。

すべてが青一色だった。

二人は無言で海を見つめた。

どれほどの時間が過ぎたのか。

「この東シナ海は、冬になると鯨の通り道になるというぞ、麻世」

ふいに麟太郎が呟くようにいった。

「冬にならないと鯨はこないのか――それは残念だな。一度ぐらいは海を泳ぐ鯨の勇姿が見たかったのに……一頭ぐらい、迷い鯨がいないものかな」

明るすぎるほどの声を麻世はあげた。

「そりゃあ、まあ。どこにも臍曲りというのはいるから、案外な」

じろりと麻世を見る。

「何だよ。何でそこで、私を見るんだよ」

唇を尖らせる麻世に、

「いや、今回ばかりは、その臍曲りに大いに助けられたと思ってな。それでな」

わずかだったが、麟太郎は麻世に頭を下げた。

「何だよ、変なまねはやめてくれよ。何だか体中が痒くなるじゃないか」

麻世は照れたように空を見あげる。

「何にしても今回は意外だった。意外な展開で始まり、そして意外な展開で幕引きとなった。こんなこともそうないだろう」

しみじみとした口調で麟太郎はいう。

「うん、確かにそうだと私も思う。何もかも意外づくしだった」

「麻世、お前の活躍もな」

顔中で笑う麟太郎に、

「何だよ、またそれかよ」

麻世は仏頂面を浮べる。

せっかく南の果てまできたのだから、ちょっとは沖縄らしい景色を見てみようと麟太郎は麻世を誘ってここまできたのだが……。

二人は、名護市の中央病院に行った帰りだった。入院しているのは一命を取りとめた、比嘉律子――律子は麟太郎と麻世に助けられ、この病院に運びこまれた。

あのとき――。

メスを凝視する麟太郎に、

「じいさん、ちょっと待って」

と麻世は叫ぶような声を出した。

「どうせ駄目というんなら、私のあの技を律子さんに試してみよう」

「あの技って、何だ」

叫び返す麟太郎に、

「気だよ。私を吹っとばした尚高じいさんの気の技だよ」

「ああっ」と麟太郎は悲鳴をあげた。

そうだ。とんと突いただけで体がふっ飛ぶなら、それを律子の胸に施せば……ＡＥＤと同じ働きをするかもしれない。やってみるだけの価値はある。

「よしっ。やってくれ、麻世。時間がないからすぐにだ」

麟太郎の言葉に、麻世はすぐに横たわった律子の左側に座る。心臓の上にあたる肋骨の上に右の掌をそっと乗せた。

「何だ。突くんじゃないのか」

怪訝な思いで声をかける麟太郎に、

「突いたって力は、なかまでは浸透しない。このまま体をしならせて押したほうが力はなかに伝わるはずだから。骨法の技の変化だよ」

そういって麻世は胸に張りつけた掌をほんの少し浮かせ、体をしならせて瞬間的に掌に力を入れた。

律子の体が、わずかにしなった。しかしそれだけで律子の心臓には何の変化もない。

麻世はこれを三度試してみたが駄目だった。

「じいさん、裏だ。背中から力を注ぎこんでみよう」

麻世の言葉に、麟太郎は急いで律子の体を裏返しにする。麻世は裏返した律子の背中の心臓にあたる部分に掌をそっと乗せる。大きく深呼吸した。顔は真剣そのものだ。

麻世の肩がくるりと回転したように見えた。瞬間的に掌に力をこめた。

律子の体が、びくんとしなった。

そして、口から吐息がもれた。

蘇生（そせい）した。

一発だった。

「あっ……私は」

掠れていたが声を出した。

「律ちゃん、よかった！」

悲鳴のような声を、麟太郎はあげた。

落雷のショックのせいか、律子はまだ満足に歩けなかった。その律子を麟太郎と麻世は両脇から支え、ゆっくりと集落の入口まで歩いた。そこからスマホで救急車を呼び、律子は中央病院に運ばれた。

検査の結果、地面に着けていた両足に軽度の火傷はあるものの、その他は異常なしということで、三日ほど入院して安静にしていれば退院できるということだった。奇跡的に直撃でなかったのが幸いした。

そして今日が三日目だった。

夕方退院ということで、昼すぎに比嘉、美咲、麻世、そして麟太郎の四人が病院に集合して律子の話を聞くことになった。

私服に着がえ、ベッドに腰をかけた律子は元気そうだった。そんな律子を中心に、みんなが輪になるようにイスに腰をおろした。

「実は律ちゃんがハンセン病の兆しだと気にしていた右手の傷を、皮膚科の先生に診てもらったんだよ」

比嘉が律子の言葉を代弁するようにいった。

何度も律子の枕許につきそっていた比嘉は、どうやらすべての真相を知っているようだった。

「専門家の見立てでは、毒虫に嚙まれた痕――そういうことだった」

意外な言葉を比嘉は口にした。

「じゃあ、他のハンセン病の症状は」

すぐに美咲が声をあげた。

「想像妊娠だよ――」

ぼそっと比嘉がいった。

「想像妊娠と同じで、ハンセン病と思いこんだ結果、その思いが体に表れて本当の罹患者のようになってしまったんだ。人間の思いこみの凄さを、俺は改めて思い知らされた気持だったよ」

比嘉の言葉にかぶせるように、

「ごめん――」

律子は照れたような顔をして頭を下げた。

大きな溜息が、みんなの口からもれた。

「じゃあ、いちばん肝心なことを訊くが」

麟太郎が掠れた声をあげた。

「美咲ちゃんの父親は、いったい誰なんだ」

一瞬、空気が重く沈みこんだ。

「麟太郎じゃないわ……あの御嶽の夜、そういったことはまったくなかった。麟太郎は眠りこけていただけ」

律子の言葉に周りが騒めいた。

「それなら」という麟太郎の言葉に、

「すまない。俺だ。俺が美咲の父親なんだ」

叫んだのは比嘉だった。

大きな驚きの声があがった。

「一時は御嶽の件で麟太郎を疑ったこともあったが、律ちゃんの相手は俺だ。麟太郎を疑ったのは俺の嫉妬だった。律ちゃんを取られるのが怖かった。だから……」

比嘉は麟太郎に深く頭を下げた。

そういえば昔、比嘉に連れられて『でいご』に行き最初に律子に会ったとき——。

酔いつぶれた麟太郎の耳に、

「私、おじさんを好きになるかもしれない」

という律子の声が聞こえて自分のことだと思いこんでいたが……あれは麟太郎のことではなく比嘉のことだったのだ。

麟太郎は少し、しょげた。

「でも、私が麟太郎に好意を持っていたことも、確かだったから。俊郎さんほどではなかったけれど」

律子がフォローにもならないことをいって、さらに麟太郎は、しょげた。

そして、あの律子との御嶽での一夜はいったい何だったんだろうかと、麟太郎はふと思う。

あのとき律子は熱を出して震えていた。心細さに神経が参っていた。そんな切羽つまった気持が、あんな行動に。いや、あのときの律子の目は澄んでいたはずだ。麟太郎の唇も拒まなかった。ひょっとしたら律子は本気だったのでは……。

いくら考えてもわからなかった。永遠の謎だった。やっぱり律子はユタだった。

そんな麟太郎の思いを追いやるように、

「なら、なんで二人は結婚しなかったのよ。中途半端な、宙ぶらりんの関係じゃなく」

突然、美咲が怒ったような声をあげた。

「ごめん、美咲。それは私が全部悪かった。俊郎さんは、ちゃんと結婚しようと何度もいったんだけど、私はそれを受けいれることができなかった」

「何で受けいれることが、できなかったのよ」

美咲がまた怒声をあびせた。

「それは……」

律子は一瞬いいよどんでから、

「私も俊郎さんも、あの病気の家筋——そんな二人が結婚したら。美咲はハンセン病の家筋同士の間に生まれた子供と人は見てしまう。何度もいうように私たちはそのことで随分白い眼で見られ、毎日のように周りから苛められた。そんな境遇に美咲をおきたくなかった。ごめん、全部私の思いこみのせい。本当にごめん。この通り謝るから許して」

律子は泣いていた。

泣きながら、美咲に頭を下げつづけた。

「だから、私がハンセン病だと思いこんだとき、美咲の父親は東京の医者だと嘘をついてしまった。私はすでにあのとき、死ぬつもりだった。一人残される美咲をハンセン病同士の子供と思われたくなかった。だから、あんな姑息(こそく)な嘘をついて……本当にごめん」

律子の涙が滴って床にこぼれた。

美咲も泣いていた。

二人はいつしか抱きあって涙をこぼした。

比嘉の目も潤んでいた。

親子三人が泣いていた。

麟太郎にはそれが悲しさよりも、嬉しさの涙のように見えた。申し分のない親子のように見えた。訳のわからぬ羨ましさが湧いた。

隣に座っている麻世を見た。

目配せをして立ちあがり、二人はそっと病室を出た。親子三人、水いらずにしてやりたかった。ようやく巡り会えた親子だった。

「あの二人、結婚するのかな」

海を見ていた視線を麟太郎の顔に移し、ぽつりと麻世がいった。

「さあ、どうなんだろうな。しかし、ひとつだけ確実にいえることは、あの親子は幸せになれる。そういうことだ」

はっきりした声でいうと、

「そうか、幸せになれるのか。それならいいよね」

麻世もはっきりした声で答えた。

そのとき、ポケットのスマホが音をたてた。画面を見ると夏希からだった。すっかり忘れていたが、博子との闘いの結果はすでに出ているはずだった。

「ちょっと大先生。いくら何でも薄情がすぎるんじゃない。何の連絡もくれないで」

スマホを耳にあてると、啖呵を切るような夏希の声が響いてきた。

「悪いな、ママ。こっちもかなりごたごたしていてな。それで博子さんとの話し合いはどうなったんだ。結果は出たのか」

謝りながらいうと、

「出ましたよ、ちゃんと」

凛とした声が耳に響いた。

「私の負けですよ、完敗ですよ」

意外な言葉を夏希は口にした。

「目には目、力には力と大喧嘩をするつもりで会ったんだけど。そのとき、あの人」

夏希によると、店を閉めてから訪れてきた博子は、いきなり正座して、床に額をこすりつけたという。そしてそのまま最後まで頭をあげず、ただひたすら、

「ごめんなさい、お父ちゃんと別れてください、お願いします」

こう、いいつづけたという。

「これって、相当酷いわよね。こんなことといわれつづけたら、私はどうしたらいいの。こんな態度の人間を、罵倒することなんてできないわよね。これでも私は銀座の女。酸いも甘いも噛み分ける私にしたら、これはもう折れるより仕方がないじゃない。だから徳三さんとは、すっぱり別れると約束して帰ってもらった。何だか私、とっても疲れたかんじだった」

本当に疲れたようにいった。

「別れたはいいけど、肝心の親方はどうしてるんだ。大川に飛びこんだりはしねえだろうな。ちゃんと生きてるんだろうな」

ほんの少し気になることを訊いてみた。

「ちゃんと生きてるわよ。昨夜(ゆうべ)も店にきて、現世で駄目なら来世で成就――こんなことを口にして、あっけらかんと大酒くらって帰っていったわよ。まったく、年寄りってい

うのは、しぶといわ」

小さな溜息を夏希はもらした。

「もっとも、あの娘の親だからね、親方は。ああ、ああいう親子にゃ敵わない――」

愚痴っぽくいってから、

「じゃあ、そういうことですから、遠慮なく大先生も店にきて、じゃんじゃん、お金を落してくださいね。お願いね」

やけに色っぽい口調で、夏希は通話を切った。何がどうだかよくわからないが、何とか事は納まるべきところに納まったようだ。

「今の夏希さん？　相変らずのようだね、夏希さんも」

麻世の言葉に、鱗太郎は素直にうなずく。

人間は相変らずが、いちばんだ。そんなことを考えながら、

「麻世、お前。潤一のミヤゲはどうするんだ」

こう麻世に水を向ける。

「えっ、あれはじいさんの役目なんじゃない」

ここにも相変らずの人間が、一人いた。

「あっ、ほらじいさん。あそこに鯨」

ふいに、真青な海を麻世が指さした。

「何だと、今時、鯨だと……」

いわれるまま、いるはずのない鯨の海に麟太郎は素直に目を向けた。

解説

藤田香織

突然ですが、まずはひとつ質問を。

自分の身に直接関係のない物事について、みなさんは常日ごろ、どの程度の関心を寄せていますか？

たとえば、台風や地震のニュース。自分がかつて訪れたことがあったり親戚や友人が住んでいる場所と、縁もゆかりもない土地での災害を、同じように案じている人はまずいないでしょう。恋人や家族が住む町に大雪が降ったと知れば、心配で連絡を取らずにはいられなくなっても、それが自分とは無関係な土地であれば「大変だねぇ」と呟くだけで終わってしまいませんか？

知らない場所のことは、自分に関係ない。知らない人の苦難にまで心を添わせていられない。冷たいようではあるけれど、それはごくあたり前のことだし、世界の不幸や災いを、いちいち自分事として受け止めていたら身が持ちません。

一方で、自分と縁もゆかりもなければ、すべて無関係になるかといえば、そう簡単に割り切れるものばかりではないのもまた事実。世の中には、他人より無関係でありたいと願う肉親もいれば、映像や文章でしか知らず、一面識もなくても親しみを抱いている人もいます。あの場所にいつか行ってみたいと、憧れや夢を持つことだってできる。「知っている」と「知らない」、「関係ある」と「関係ない」、「大切な物事」と「どうでもいい物事」。果たして自分のなかで、その境界線はどこにあるのでしょうか。関心を持てる範囲は、実際に手を差し伸べられる範囲は、どこからどこまでなのか。答えはそう簡単に出せないし、できることならなるべく考えたくない問題です。でも、だけど、その判断をしなければならない有事は、いつだって突然やってくる——。

池永陽さんの「やぶさか診療所」シリーズには、様々な魅力がありますが、この難題について「考えてみる」きっかけを得られることが、ひとつ大きな読みどころだと私は感じています。

二〇一八年に最初の『下町やぶさか診療所』が、二〇二〇年に『下町やぶさか診療所　いのちの約束』が刊行され、本書『下町やぶさか診療所　沖縄から来た娘』が待望の第三弾となるこのシリーズは、いずれも「ｗｅｂ集英社文庫」で連載、配信されたものが単行本を経ずに文庫化されています。患者さんたちだけでなく、読者にとっても真野浅草診療所（やぶさか診療所の正式名称）は、親しみやすく気軽に足を運べる（手を伸ばせる）、場所となっていて、前作から読み継いできた方も多いでしょう。

浅草警察署にほど近い、築五十年以上にもなる木造建築の診療所を営む「やぶさか先生」こと真野麟太郎は、その徒名から受ける印象とは異なり仏様のような人と評判で、金にならないと嘆きながらも親身になって日々患者を診ている六十代半ば。前二作は、そうした診療所を訪れる患者や近隣の人々が抱える病や苦悩、悩み迷いに麟太郎が寄り添う姿が連作短編形式で描かれていました。

本書は三作目にして初の長編作。今まで周囲の人々を診て、そして見守ってきた麟太郎自身が、タイトルにも記されている「沖縄から来た娘」こと十八歳の比嘉美咲に「あなたが私の、お父さんなんですね」と問われるという、思いがけない事態に直面します。十二年ほど前に妻の妙子を亡くしている麟太郎の子どもは、三十歳になる息子の潤一ただひとり、のはずなのに。いや、まさか。でも、身に覚えはない！　とも言いきれず、麟太郎は「多分、違うと思う」などと美咲に煮え切らない態度をとってしまうことに。その秘めたる理由を含め、物語は姿を消してしまったという美咲の母・律子の行方と、事の真相追究が大きな柱となっています。

確かに麟太郎は、かつて学生時代の友人で沖縄に住む比嘉俊郎を介し、律子と面識がありました。正確にいえば、面識以上の好意もなきにしもあらずで、いろいろと確かめたいこともあり、美咲の従伯父にもあたる比嘉に会うべくまずは単身、沖縄へと渡ります。しかし、明らかになったこともあれば、判然としないこともあり、いったん帰京した麟太郎は、今度は診療所のひとつ屋根の下で暮らしている高校生の沢木麻世を連れ、再び沖縄へ向かうことに――。

麟太郎の助手（いやむしろ助手は麟太郎では？　と思わなくもないけれど）で、もはや名コンビと呼んでも過言ではない相棒・麻世の活躍もあり、曖昧模糊としていた麟太郎は美咲の父親なのか、母の律子はなぜ姿を消したのか、という問題は、少しずつ真相が明らかになっていきます。

その過程で留意しておきたいのが、本書で繰り返し説かれる、差別と偏見、思い込みと誤解の問題。

ひと昔前とは異なり、現在は明らさまに差別や偏見を口にする人は、ずっと少なくなった印象はあります。本書にあるように、社会に出ている人間が、面と向かって「バイキン」などと人を揶揄することは滅多にない、と個人的には思いもします。けれど、滅多にないことは皆無ではないし、それ以前に「少なくなった」というのも私の思い込みでしかないかもしれません。見え難い場所へ移っただけで、差別や偏見は、やはり今もそこここにあり、正直、私の心の中にも、ある。

沖縄で、ハンセン病療養施設の沖縄愛楽園へ行き、ひとりで資料館を見学した麻世が、母子の碑の前で「人間のやることじゃないよ」と叫ぶ場面があります。麻世の言葉を受けた麟太郎は「そうだな。とても、人間のやることじゃねえ。しかし、人間はやるんだ。いや、人間だから、やるんだ。悲しすぎるが、それが世の中の現実だ」と返すあの場面。実は、物語の鍵となるハンセン病患者への差別について、今年五十四歳になる私は、本書を読むまで、麻世とそう変わらぬ程度の知識しかありませんでした。地域差や世代差もありますが、そのいちばんの理由は明らかで、知る必要がなく、知ろうとせずに生きてきたからです。ハンセン病のことは、知識として「そういう感染症があった」程度には知っていたし、療養所という名の隔離所が各地にあったことも、様々な裁判がニュースになっていたことも見聞きする機会はありました。けれど、自分とは「関係ない」と自然に切り捨ててきたのです。

　それだけではありません。本書には貧困や大病、ＤＶや暴力、性差や人種による痛みや苦しみ、憎しみも目を逸らすことなく描かれていますが、そうした苦難も私は「大変だねぇ」と呟くことはあっても「自分の身に置き換えて」考えてきたとは言い難い。端的にいえば「関係のある」人を増やすことを面倒臭いとさえ思っていた自覚があります。関係ないと切り捨てたり、知らぬ顔で目を逸らすことは、ハンセン病患者を忌むべき者と見なしたり、「バイキン」と口にするほど明らかな「差別」ではないかもしれない。けれどその「区別」は、誰かを傷つけることもある。人と関わり、人を案じることを仕事にし、それが習い性となっている麟太郎の姿を通して、そう気付かされるのです。

と同時に、そんな麟太郎や息子の潤一の何気ない言葉にも、ジェンダー的な危うさや、ルッキズム警報を鳴らしたくなるものがあることにも気付きます。麻世や美咲の容姿を褒めることも、豚肉のすき焼きにもの申すことも、受け取り方によっては差別であり偏見になる。

彼らだけでなく、本書に出てくるざっかけない下町の人々の言葉には、そうしたものが無意識に、時には意識的に含まれ、物語のなかに散見している。それをどう受け止めるのか、それがどう受け止められるのか。人と人との「関係性」が、ここでも深い意味をもって立ち上がってくるのです。

最後に。本書が「やぶさか診療所」シリーズの初読みとなった方は、ここからぜひ前二作にも足を運んでみてください。麻世が診療所の「居候のような者」になった経緯と、〈自分が楽になるには「あいつを殺すしかない」〉とまで思い詰めていた過去。『田園』のママ夏希が、財産のある徳三との結婚に前のめりになった理由。潤一が沖縄から帰って来る麟太郎と麻世のために用意した稲荷鮨(いなりずし)の「川上屋」にまつわる話や、本書では明らかにされていない看護師・八重子の年齢が推測できるエピソードなど、隠れていた縁という線が浮かび上がり、より感慨が深まります。

「苦いけど、うまいな」「おいしいけど、苦い」。

ゴーヤに限らず人生もまた然(しか)り。じっくり嚙(か)みしめて、まずは「私」を作る。正解なんてどこにもない自分なりの答えは、その先にあるのだと信じましょう。

（ふじた・かをり　書評家）

本書は、「ｗｅｂ集英社文庫」二〇二〇年十二月～二〇二一年一月に配信されたものを加筆・修正したオリジナル文庫です。